U0943691

『演员丛书』编审委员会

崇安大街九十八号

辛明 著

人民交通出版社股份有限公司
China Communications Press Co.,Ltd.

唐国强

著名表演艺术家

《演员丛书》编委会主任委员

中国视协艺术家诗书画学会会长

中国广播电影电视社会组织联合会演员委员会会长

“演员丛书”总序

唐国强

从 1905 年第一部无声电影《定军山》至今，中国的电影艺术已走过 113 个春秋。与之相比，电视剧要年轻一些，从 1958 年的《一口菜饼子》开始，到今天也有 60 年的历史了。百余年的时光里，大浪淘沙，谢添、赵丹、张平、张瑞芳、陈强、白杨、孙道临等众多演员将名字镌刻在银幕上。历史中，他们汇聚起一条光辉灿烂的星河，在时光流转中照亮了中国影视艺术的天空，并以璀璨夺目的壮美吸引着、指引着一代又一代影视人汇入这条长河中。他们努力着，骄傲着，燃烧着，以自己的一抹华彩，让中国影视艺术更加绚烂。

如何让每一代年轻人都能欣赏到这条星河的美景，让他们记住，让他们神往，让他们树立起艺术人生的标杆，让千百万有着演员梦的人向着艺术家的方向去努力，去奋进。诚然，观看这些著名演员的代表作品是绝好的途径，但是，影视作品中所见的大都是他们的艺术光辉，若想全面深入地了解一代代影视人的人生经历、艺术理念、创作观点以及不懈奋斗的心路历程，阅读他们的传记无疑是最好的选择。

现在我国影视行业以每年二百多部电影、一万七千余集电视剧的速度蓬勃发展，因而聚集了众多从事表演工作的演员。我作为中国广播电影电视社会组织联合会演员委员会的会长，一直有个心愿和计划：希望为当今德艺双馨的影视表演艺术家、演员作传，形成一套“演员丛书”。用榜样的力量端正广大演员的创作态度，进一步壮大社会主义文艺力量，创作出更多无愧于时代的优秀作品。同时，由演员亲自撰写或口述的传记，将成为他们艺术人生的最真实记录，更是中国影视艺术的宝贵财富。

2014 年 3 月，这一计划得到人民交通出版社的鼎力支持，首批艺术家传记工程得以有序开展并取得丰硕成果。在此，我代表演员委员会对人民交通出版社和社长朱伽林先生表示诚挚的感谢！

演员这个职业，需要我们在生活中不断地观察学习，不断切身去感受和领悟不同艺术门类的特点和精髓，从而在饰演不同时代、不同行业、不同年龄、不同地域的角色时，精准把握人物特点，真实展现人物形象，给角色以深厚的艺术感染力和生命力，所谓“功夫在诗外”就是这个道理。长期以来，更加值得关注的是影视行业里有一大批热爱、尊重演员这个职业，一直秉承专业敬业的态度去认真完成每一个角色的实力派演员，他们专注的工作态度值得去敬重，他们步步夯实的从艺之路值得去推崇，他们求艺的心路历程值得去探究。

因而我们《演员丛书》的立传人选都是在艺术上博学通达、孜孜以求的表演艺术家。更加值得关注、值得期待的是这些艺术家后继有人，他们的艺术才华和基因在自己的子女身上得以延续和传承，他们不但在影视界被尊为个人修为和艺术造诣的楷模，他们的家庭也成了颇受关注的“艺术之家”。

这次《演员丛书》之《荣安大街98号》的作者辛明和他的父母，就是这样一个不同寻常的艺术之家。辛明的父母辛静和付琳是从民间话剧团走出来的一对表演艺术大师，开创了一代话剧表演的先河。在漫长的演艺生涯中，他们积累的表演绝活不胜枚举，精湛演技倾倒了众多观众，更以主演70多部话剧，创造了我国话剧表演史上绝无仅有的纪录。在对表演艺术的追求探索中，他们的精神和品格也一点一滴地浸润、影响着他们的孩子辛明，使之成长为集编、制、演于一身的全能人才，更促使辛明于今天提笔撰就回眸父母艺术之路的文字，生动地勾画父母求艺形象，也为我国话剧以及影视发展记录下了这不可磨灭的一段历史。我认为这本书是辛明在发起、策划、担纲电影《周恩来》制片人赢得观众热泪与喝彩并夺得多项大奖之后，综合才华的又一次绽放和突破。相信这本书在给予影视界工作者以启迪的同时，更能使年轻一代演员以艺术家的标准要求自己，在艺术表演上不断攀峰，把创造有筋骨、有道德、有温度的艺术作品作为奋斗目标，带给观众更多的人生正能量。

太平世界，因人物而繁盛。让中国影视的星空永亮，正是所有艺术家、演员、《演员丛书》的作者以及关心和支持本套丛书的社会各界朋友的共同心愿。让我们见贤思齐，在这个伟大的时代中不断提升个人修为，不断前行！

2018年5月28日

序言（一） 辛静老哥，我们永远是朋友

杨在葆

我对辛静的认识，是从他主演的历史巨片《西安事变》中的杨虎城将军形象开始的。当时我看了这部影片后，觉得辛静这个演员真是了不起。他以扎实的表演功力，把这个著名爱国将领的艺术形象塑造得特别真实，不但生动有力，而且血肉丰满，富有突出的个性，完全演绎出了一代爱国将帅的性格特征。看完影片后，我对这个演员油然而生一种肃然起敬的感觉。

那个时候，我与辛静虽还未曾谋面，但特意打听到辛静原最早是北京实验话剧团的演员，后几经变迁，落户在河南省郑州市话剧团。我身为演员，尤其敬重把戏演到骨子里的同行。在经历过世代更替苦苦奋斗在艺术领域里还在不懈努力的资深老演员中，辛静在我心中的分量是举足轻重的。

说起来也真是有缘，20 世纪 80 年代初我和辛静真正的相识是从电影《双雄会》开始的。这部影片是选自姚雪垠所写长篇小说《李自成》中的一个章节，主要说的是李自成和张献忠在特殊时期一段非同寻常的交往，李准编剧，陈怀皑导演，我扮演张献忠，许还山扮演李自成，辛静演一个明朝的总督林铭球。辛静进组当天，我见到他特别高兴，就主动和他打招呼，这当然主要是对他在《西安事变》中成功扮演杨虎城将军的一种敬意。辛静当然也特别热情。除了待人热情之外，他处事还特别低调，公开场所从来都是躲在后面。在剧组里我们相处融洽，关系特别好。除了上场拍戏之外，他总是拿着剧本，反复地琢磨角色。其实，林铭球在这个戏里面分量

不是很重，戏份也不是很多，但只要我们一碰面，他总是围绕角色敞开交流的话题，真是三句话不离本行。通过这次《双雄会》的合作，我对辛静有了一个更为直接的了解和认识。

过了一段时间以后，到了 1986 年，出于对辛静这位老演员的好感，我主动邀请他加盟我导演的一部表现改革题材的电影《代理市长》。我饰演市长肖子云，特意请辛静来演保守派的辛局长一角。不出意料，他把这个阻挠改革、故步自封、思想顽固不化的老干部形象，通过一些应有的眼神和动作，演得神形兼备、惟妙惟肖，人物的神态特别到位。我就觉得辛静的表演风格，完全就是我心目中想要的那种类型。同时，我也感觉辛静演领导干部形象无论是外形还是演技，简直是他的一个特长。后来有一个以毛主席题写“一定要把淮河治好”这个故事为主题的电视剧，叫《情未了》，使我和辛静又有机会第三次合作。本来是安排他演其中一个主要的领导干部形象，但是，辛静自己选择了另一个角色——一个养鱼的专业户。这个专业户为了自己的小私小利，在淮河边私挖鱼塘。起初，我怎么也不能把辛静同这样一个落后的农民形象联系起来，为此辛静不惜放弃本请他演的已经轻车熟路的高级干部角色，而做出了勇于突破自己戏路的举措。结果是他再次出神入化地将这个有着聪明的脑袋瓜，但极端自私，处处考虑自己如何发家致富的一个小农意识很强的养鱼专业户的角色演得出神入化，这又让我对他刮目相看。因为从杨虎城将军到明朝总督再到一个落后的老干部，最后转而变为一个自私自利的农民，这四个角色形象真是天壤之别，而且从年代到身份都有着极大的跨度，不管是历史人物还是现代角色，人物性格的跳跃性也很大，辛静都能把握得非常好，我打心眼里觉得他是一个名副其实的好演员。

除了演戏优秀之外，我认为辛静的人品也是非常高尚的。那年在《代理市长》剧组，我们去外景地拍摄的时候，有一天接到通知说当地领导要来看望大家，剧组的很多人出于礼貌也好，为了逢迎也罢，都纷纷走出房间去迎接，辛静却不为所动，还下意识地说了一句：“干吗要犯贱？”因为我也从来不会去主动奉承别人，当时觉得他的这句话虽然说得严重了点，却觉得他和我的性格是特别的契合，所以，对他这种耿直的个性在心里大加赞赏。

不幸的是，辛静这样一个好人，却没有很好地延续他的艺术生命。后来，我从他儿子辛明那里得知他不幸去世的消息，感到非常悲痛，不但为中国影视界失去了这样一位卓越的演员感到悲痛，也为我们的演艺道路上失去这样一位老伙伴、好同事而感到痛惜和难受。现在，当我知道辛静的儿子要为父亲写一本纪念文集，非常激动，也非常高兴，过去跟辛静交往的往事也再次浮现眼前。

平心而论，虽然我们的交往没有很多的波澜起伏，也没有什么曲折故事，但是我觉得，无论他的人品还是艺德，都值得我很好地学习，很好地怀念。我再一次大声地对天国之上的辛静说一句发自肺腑的心里话：辛静老哥，我们永远是最贴心的朋友！

2018 年 4 月 20 日于北京

杨在葆

著名表演艺术家、导演

代表作：《从奴隶到将军》《代理市长》《血，总是热的》《上海屋檐下》等。

序言（二）　怀念良师益友——辛静

许还山

20 世纪 80 年代初，我从边疆调到西影厂担任演员工作，正赶上成荫导演的《西安事变》在西影厂里紧张拍摄。电影学院的老校友颜学恕到招待所来看我，同来的还有《西安事变》的两位主演，饰演张学良的上海演员金安歌和饰演杨虎城的郑州话剧团演员辛静。我这个远离电影多年的人一下见到几位肩负创作重任的电影人，格外激动。尤其听说身材敦实健硕、声音浑厚的辛静来自郑州后，更感亲切，因为我的老父母和多位弟妹常年在郑州工作学习生活，所以此次见到辛静，感觉就像见到了自己的家人一样。

我们各自亮出生辰八字，得知辛静生于 1928 年，按长少有序的通则，我自然对辛静以辛哥敬称。从见到他的第一面，就觉得他与生俱来有一种长兄的气度和风范，慈祥稳重，厚道大度。他还有一副专业话剧演员的好嗓子，张弛有度，刚柔并济，十分悦耳。我多次溜进摄影棚，偷偷观摩辛哥在摄影棚里是如何诠释角色的。《西安事变》是根据真实的历史事件创作的史诗性影片，整个主创班子都由一流电影人组成。辛哥饰演的杨虎城，是历史事件中的主角之一，和张学良以拳拳的爱国之心和抗日行动促成当年震动中外的“西安事变”。从外形上看，辛哥与杨虎城将军颇有相近之处，十足的军人气质，一派大将风度。在外形上，辛哥占了不少天机，但一个角色的成败不仅在于外更在于内，把握好角色的内在特征，就要靠演员自身修炼功力了。

摄制现场，除了导演喊“开始”后有几分安静之外，其他时间永远都是各种行当的工作人员在现场穿梭来往，安排、调度、调整……经常见到辛哥早已化好妆穿好服装，稳稳地在现场一角闭目静坐。不管身外如何纷乱嘈杂，他不走动、不聊天、不吃喝、不吸烟，在一片喧嚣中地沉思默想。

我曾问过他:“那么乱，你坐得住吗？你想什么呢？是不是在犯困打盹儿？”

他说：“这时候还敢犯困？演员只要一化上妆，穿了角色服装，就要自觉进入角色状态，进入剧本的规定情境。无论我坐在哪儿，都会把身边的乱哄哄，当成杨虎城指挥部外的人声鼎沸、混杂无序，甚至是炮火连天。那就是杨虎城当年置身其中的规定情境，开拍前就要尽量想象、要找到、适应角色内心的支点……”这一番有点理论味道的话，从一个老演员嘴里说出来，足见他在舞台上多年实践的深刻体会已内化成了他面对角色时的严谨态度和自我要求。他在《西安事变》中塑造的杨虎城将军，神形兼备，不失为中国当代电影画廊中一个光彩照人的角色之一。

当时我很遗憾没有一个能与他同台合作的机会，不能亲自聆听他对表演艺术的更多体会。

几年后北影成立《双雄会》摄制组，我非常荣幸，陈怀皑导演邀我出演李自成，杨在葆饰演张献忠。更让我惊喜的是辛哥出演一个明末朝廷的大官——林铭球，一个通常意义上的大反派，一个昏色俱全的贪官。这个角色与《西安事变》中那位一身正气的爱国将军杨虎城可是天壤之别，这对辛哥的表演创作又是一个新天地，也给了我一个极好地与之深度学习的良机。

辛哥在《双雄会》里戏份不多，也就有了不拍戏的空闲时间。有一天，我没有拍戏任务，又正是炎夏酷热时期，我们都住在北影的老招待所里，没有空调，没有电视，他买了个大西瓜，吆喝我到他屋里去共享。两个人全是赤胸露背，大裤衩子，坐在铺在水泥地面的草席上，边吃边聊，聊到如何演反面角色的话题。因为他在《双雄会》中的角色是个反面人物，我问他，对于正、反面人物，在表演中应该把握什么？他说：“在舞台上许多人演反派，总是对角色的外部表现和内心的活动都尽力地夸张、丑化，造型上也都故意搞得像漫画一般，几乎都没有了人形。尤其在话剧舞台表演中，也许是受了京剧丑角行当的程式化传统表演影响，这类现象非常突出。这种表演方式后来在电影中也延续下来。角色一出现，什么都没做，什么也没说，观众一眼就看出是坏人。这种先入为主的表演，严重地脱离生活的真实属性。生活中，好人坏人从来没有明确的标识，很难以貌识人。好坏的判断主要来自客观上对人言行表现的评价。”辛哥说，“好人坏人在现实生活中都有自己特定的生活逻辑和理念，很少有一个人自己主观地认为自己就是一个坏人。大部分人都认为自己的所作所为是正确的，符合他自己对“是非黑白”的定义，只是别人根据他的作为是否对他人、国家、民族、社会有利还是有害，来评价他的“好”与“坏”。

所以在电影或舞台表演中，演员应该尽力表现人物的生活逻辑和他自身的价值观念，而不是简单地去表现角色的“结果”。历史上众多的民族败类都不承认自己做的那些事是坏事，都以为是好事，总是维护自己的是非观。他说：“我演所谓的反面人物，都是尽力挖掘、表现这个角色的生活逻辑，注重每一言行的细节表现，让观众去评价定论。凡是着重“概念化结果”的表演都是虚假肤浅的。”他举了个例子，在《沙家浜》里的刁德一，在创作上，漫画化的程度比胡传奎要少很多，因此很耐看，是个有血肉的活人。胡传奎就多少有些符号化。刁德一这个人物的特性没有浮在形象的表面，他有自己的推理和思考，京剧演员马长礼就很懂这一点——抓住人物自己的逻辑和理念，演出来的角色就有看头，不一般。他说：“我演林铭球，就绝不从外部设计那些‘坏人’的标签，乍眼一看，只知道是一个朝廷大官，是奸是忠，要看他在剧中言行表现，不要‘预售坏相’。”

他的这一番话，时隔很多年我一直记在心里。后来在我的影视表演中，每当演“坏人”的角色就常常以辛哥的教导为戒。

辛哥憨实，平易近人，是一个在角色上狠下苦功的人，这一点让我和好友杨在葆对他有着特别的敬意。1985 年，杨在葆担当电影《代理市长》的导演，剧本中有一个城市里的地方官员，定位是一个庸官，属于那种官不大、派头不小，做一天和尚也不想撞一下钟的不作为干部。虽然戏不多，但是杨在葆一定要我去请辛哥来演，就是因为他清楚辛哥太会挖戏了。辛哥通过他的声音、形体和内心的衬托，令一个活灵活现、令人憎恶的形象跃然银幕之上，为影片添彩加分。对一个平庸的角色用不平庸的表演——这是辛哥常常说的。不管什么大小角色，在他心中都是一片值得下力探索的天空。

这也是“戏比天大”的另一种诠释。

时光飞逝，一晃已是三十多年过去，但往事并非如烟般消失无痕，当夜深人静时，我常常在脑海里重温这些陈年往事。辛哥已去天国，但是他这些珍贵的艺术箴言，一定会留在后人的心中，让人们化为行动，笃笃前行。窗外马路上的车流滚滚，犹如中国电影事业前进的步伐，一百多年来从未间断，虽然良莠参差不齐，但还是显示了它强大的生命力，因为这是无数前辈电影人的心劳汗水汇成的一股洪流。辛哥也是其中的涓涓一滴。

以此短文，纪念与辛哥共同度过的那些令我受教匪浅的美好日子。

遥望长天，举一杯良醇佳酿，祝辛哥在那边的乐土上快乐永存。

2018 年 4 月 27 日 于西安御湖寓所

许还山

著名表演艺术家、导演

代表作：《樱》《寒夜》《双雄会》《大决战》《大秦帝国》 《飞越老人院》等。

序言（三） 我记忆中的辛静老爷子

江 平

与辛静老师相识已有三十八年了。

毛主席词曰："三十八年过去，弹指一挥间。"三十八年前，我在摄制棚里偶遇辛静老师的那一幕，依旧恍如昨日。

1981 年春，乍暖还寒，西安电影制片厂某摄影棚里冷飕飕的。那天，要拍摄张学良与杨虎城会见周恩来的戏。我并不是《西安事变》剧组的演员，而是在另一个剧组试镜。听说饰演周总理的王铁成老师正在隔壁拍戏，于是卸完妆，我就混进去凑热闹，猫在一边仔细寻找 "周恩来"。

不一会儿，王铁成老师穿着深黑色的中山装从远处走来。我特别激动，此前只是在《报童》和《大河奔流》等电影中见过他，如今看到了真人，自然十分兴奋。正想跑上前去，没话找话地打声招呼，不料脚下一绊，"咣当"一声——不知是谁放在木条凳上的搪瓷缸被我撞翻了！我知道惹了祸，赶紧弯腰捡起它。正犯愁的工夫，一位身穿国民党军装的伯伯出现在我眼前。他戴着金丝眼镜，军衔是满地黄金三颗豆，系着武装带，既儒雅斯文，又很威武。他笑着望着我，声音不高："小伙子，你着急忙慌干啥去呀？你看，我刚沏好的一缸子好茶就这么被你给泼了。"我这才知道，碰翻的搪瓷缸子是眼前这位老师的。我不知所措地望着他，连声道歉："对不起，

对不起，老师，我真的是没看见，我不是有意的……”我以为会受到责备，谁知他却哈哈大笑着说：“没事，没事啊！孩子。你说吧，你干什么来了？你是这个组的演员吗？”我说，我是隔壁另外一个剧组的，演个小角色，正在试镜，还不知道能不能演上呢。他亲切地说：“隔壁剧组的？那我们是友邻部队了。你演什么角色呀？”还没等我回答，那边已经在喊：“走戏了，走戏了！”他拍拍我的脑袋说：“得，尽跟你说话了，导演叫了。”说罢，转身走了。

我傻傻地站在那儿，手里还拿着刚才被我碰翻的搪瓷缸子，里边儿的水已经没了，只剩下点儿茶叶。我赶紧从兜里掏出手绢（那年头儿大家都流行用手绢），把搪瓷缸子擦了又擦，然后放在那位老师坐过的条凳上。我想，我得赶紧走，一会儿老爷子回来再要说起这茶，我真是不知该咋回答呢！那时的我还是个孩子，并不喝茶，也赔不起那么好的茶叶。于是，趁众人忙乱，就悄悄地溜走了。

两天后，我得知自己的角色没能试上，心情特别沮丧，没精打采地坐在食堂里，饭也吃不下。没想到又看见了那位伯伯，他仍然穿着军装，脚上蹬着锃亮的皮靴。我心想：来食堂吃饭又不是拍戏，还穿着戏服干吗呀？出于好奇，我的目光追随着他，看到他打饭之后，便坐在食堂安静的角落里，边吃饭边翻看厚厚的剧本。

不一会儿，另一位身穿戎装，也是将军军衔的演员打了饭，坐在那位伯伯身边。伯伯对刚来的“将军”说：“小金啊，上午我俩对戏的时候，有一段我觉得不太顺畅，所以我刚才就在琢磨，下午能不能跟导演说，再补拍一下？”“小金”看了看剧本，说：“辛静老师，我听您的，一会儿跟成导商量商量呗。”就这样，我知道了伯伯的名字：辛静。

不久，报纸刊登了电影《西安事变》开机的消息，导演是曾经拍摄过《停战之后》和《南征北战》等许多巨片的成荫大师，主演是辛静和金安歌（自然是食堂里被伯伯唤做“小金”的人）。我这才明白，不是“心里平静”，而是辛辛苦苦的辛，安静的静。我就这样记住了他。

大约是 1981 年年底，《西安事变》隆重上映，我当时正随南通市话剧团在外地演出。剧团演出期间，剧场白天放电影（上午一场，下午两场），晚上我们演话剧。于是近水楼台先得月，我每天可以免费看 3 场电影。辛静老师饰演的杨虎城，给我留下了深刻的印象：他把一个不满打内战、不愿意打红军、具有正义感且满腹韬略的国民党上将演绎得准确到位！当时我就想，我也是话剧演员，而辛静老师这位话剧演员在银幕上表现得那样沉稳自然，不装腔作势，真不容易，让人由衷钦佩。

那时，我正值充满朝气与活力的青葱岁月。每天晚上，不把《大众电影》杂志翻个够绝对睡不着，有时候还要挑灯夜战写影评。记得，我曾给南通的报纸以及西安的杂志都投过关于《西安事变》这部电影的评论，其中就有对辛静老师扮演的杨虎城这一角色的大段评价。

后来，南通市电影公司出版的报纸《影剧介绍》刊登了我的文章。我想将样刊寄给辛静老师，地址一栏写的是“西安电影制片厂《西安事变》剧组转辛静老师收”。寄出后我才突然意识到，我犯了一个错误：电影早就拍完，剧组肯定解散了呀。信寄到西安电影制片厂，注定要石沉大海了。没有想到，一个月后，从郑州寄来一封信——辛静老师居然给我回信了！

他在信中这样写道：“江平先生，收到您寄来的样刊，特别高兴，感谢您对我表演的评价和夸赞……从信中得知您也是位话剧演员，而且还跟我见过面，恕我记性差，实在想不起来在哪儿碰到过，但我必须给老朋友致信，谢谢您对我这部电影的喜欢。特别想说，您的字写得真好，所以我也工工整整地给您回了封。希望老哥多多理解，我回信晚了，因为您把信寄到了西影，西影又转到了郑州，我在郑州话剧团工作很多年了。非常高兴认识您，紧握您的手……”

当时只有二十岁的我十分激动，兴奋之余也责怪自己给他写信的时候，没有写清楚我就是那个碰翻他的搪瓷缸子的小伙子。不过我也很纳闷，他为什么在信中称我为“老哥”呢？我赶紧连夜给他回了一封信，禀报我的“生辰八字”。

半月后，我又收到了他的回信。这回老爷子的语气少了几分拘谨，多了几分戏谑：“哈哈，原来你就是那个毁了我一搪瓷缸子好茶的调皮蛋啊！你的字写得很好，我以为你是位老大哥老先生，没想到你就是那个毛头小伙子！当时你怎么没给我留下姓名呢？真高兴，没有想到我俩居然是同行，都是话剧演员。”

就这样，我和辛静老师正式认识了。

我在给他的第三封信中，寄去了我的一张剧照和我们剧团演出的一些剧目说明书。大约过了半年，他才给我回信。厚厚的一个大信封，除了信，还装着十几张话剧演出的说明书。他在信中向我致歉：“特别抱歉，外地拍戏回信晚了。”这令我非常感动！随信还附有话剧《神秘的古城》的说明书。当时南通话剧团也想排演这部话剧，但因为周边的扬州文工团和镇江话剧团已经演了，所以我们团改排了另外一位河南大作家李凖先生之子写的话剧——《女贼》。

在话剧《女贼》中，我扮演一个只有十来句台词的流浪儿“小宝”。当时，我自认为会演戏，但不被导演重用，所以心里不平，颇有英雄无用武之地的感觉。于是我在给辛静老师的信中，诉说了自己的苦闷。他很快便回信了，信中说：“江平，我实在忙，不能每次接到你的信就一定回复，但是这封信我必须要给你回。特地告诉你，没有小角色，只有小演员！不要在乎是不是跑龙套，关键是要把龙套跑好。当有一天，你知道龙套也是重要创作的时候，你就成熟了。”

老爷子的话，一字一句地镌刻在我心里。此后，我不敢再频繁地给他写信了，因为我知道他既是剧团的领导，又是导演，而且经常要外出拍戏。那么忙，我不是给他添乱吗？

几年后，我在北京电影制片厂陈怀皑导演家中，竟然遇上了辛静老师！大下午的，老哥俩在家里喝小酒，什么下酒菜都没有，就是一包花生米。俩人边喝边聊，可带劲儿了。

我给陈怀皑导演带去了南通的特产——两条嵌桃麻糕。陈导特别高兴，说他还是 1982 年冬天在南通采风时，吃过这种麻糕。他当场拆开一条，边吃边称赞：“太棒了，太好吃了！”顺手拿起另一条，塞到了辛静老师手上：“老弟，见者有份，这条算是这孩子给你的！”

陈导招呼我说：“小兔崽子，不喝酒吧？来，坐下吃花生。”我看他们俩就那么一小包花生，岂敢下手？辛静老师抓了一把放在我手中说：“老弟，神交已久，今儿算是正儿八经见面了，咱俩还真是有缘分呢！”他告诉我，他刚拍完陈导的《双雄会》，这会儿是来和老爷子辞行的！

从此我就记住了，他爱吃花生。

回到家乡后，我去泰兴演出时，买了差不多十斤带壳花生。一个个剥成仁儿，晾干后装进小口袋儿，给辛静老师寄去了。大概过了一个月，我收到辛静老师从郑州寄来的一大包红枣。他在信中说："来而无往非礼也。谢谢小老弟你给我寄来的我最爱吃的花生！"打那以后，他在信中就叫我江平老弟了。

因为我们俩都不停地奔波于各个电影制片厂之间拍戏，慢慢地我和辛静老爷子书信联系不多了。逢年过节，我会给他家里拨个电话，简单说几句，爷俩儿也都挺高兴的。

1993 年，我追随吴贻弓先生创办上海国际电影节。我给辛静老师打电话，希望他能跟金安歌老师一块儿踏上电影节的红毯。他在电话那端笑了，自嘲说："老了，老了，老朽了！现在是年轻人的天下了，你要是方便，可以请辛明。你看他演的《野山》和《一个和八个》，他的戏比我强。我演戏拿腔拿调，辛明演戏特别松弛。"

那年的电影节，辛静老师没能来，我也因为各种原因，没有再去电请辛明兄。后来，只要看到电影频道播辛静老师的片子，我还会给老爷子打个电话，他在电话中仍会热情爽朗地称我"老弟"。

再后来，我跟辛明兄算是正式认识了——我多年的小姐姐宋晓英和他成了一家，但是我却经常调侃他："你们家老爷子都叫我老弟，你见了我，得叫我一声 uncle（叔叔）。"

2018 年 7 月 25 日

江平

著名影视剧导演

中国电影股份有限公司副董事长、总经理

序言（四） 我和辛静

金安歌

要说我和辛静，那就不能不提 20 世纪 80 年代初期获得无数奖项和赞誉的电影《西安事变》了。

那是 1979 年末，我和上海滑稽界前辈笑嘻嘻老师同坐一列火车前往西影厂去参加电影《西安事变》的拍摄。笑嘻嘻老师饰演宋子文，我当时是去演戴笠的。那年我 37 岁，从来未接触过电影，所以到了西影感到一切都很新鲜和好奇，常常东窜西窜看别人试戏试装。有一天在化妆间，见一个敦实的中年人笑眯眯地坐在那里，工作人员向我介绍：“这位就是杨虎城将军的扮演者辛静老师。”“哦，辛静老师您好！我是上海儿艺的金安歌，是演戴笠的。”我一边自报家门一边热情地向他伸出双手，他也马上站起身来和我握手。我感到他的手又厚又软又温暖，再看他的人温厚、沉着、稳重，眼中闪过一丝不易察觉的狡黠。“喔，这就是杨虎城。”我在心里说，“这就是辛静老师，一个有内涵的人。”我就是这样见到了辛静老师，结识了辛静老师。

当最后剧组确定我饰演张学良后，我和辛静老师就住进了一间屋子，而且一住就是一年多。在那段日子里，我们俩一起查阅资料、一起了解时代背景、一起研究剧本、一起探讨分析角色，在艺术创作的天地中驰骋遨游，乐在其中。张学良和杨虎城，一个是东北军领袖，一个是西北军领袖，本来是没什么交集的，是共同的抗日志向把他们联系在了一起。他们俩从互相提防、互相猜疑，再到相互试探，最后终于消除疑虑，携手发动了一场震惊世界的西安事变。在当时，他们对蒋介石实行兵谏，捉蒋，那真是“把天捅了个大窟窿”，实在是“胆大包天”。

我和辛静大哥都是舞台演员出身，演戏塑造人物还真难不倒我们。只是我是第一次接触电影，在舞台上可以挥洒自如，镜头前该如何表演真有点犯怵。辛静大哥是拍过电影的，他告诉我，其实表演是一样的，只是舞台上夸张的动作（诸如亮相等）要去掉，完全按生活流程去演就行了。当时成荫导演也鼓励我，提点我，他说：“你只管大胆地演，有我看着呢！”这些话有如醍醐灌顶，使我一下子放下了所有包袱，进入电影表演的状态。

在我们共同战斗的岁月中，我和老辛的感情也在日益增长，这从我对他的称谓中就可见一斑。我对他的称谓从辛静老师到辛静大哥，再到老辛，最后称他为老爷子。称谓的逐渐转换，表明友谊的层层递进。后来我们俩真成了可以相互倾诉、相互倾听的好友了。

老爷子有一个习惯，就是在思考、探讨、研究问题时喜欢吃花生米。他用手轻轻捻着花生衣，然后慢慢地把花生一颗颗送入嘴中。也许是受了他的影响，现在我家中总是备有花生米，看东西、想问题或是发呆时，也会捻着花生衣，把花生一颗颗送入嘴中。

电影拍摄结束后，我和老爷子见面的机会并不多，只是经常通通电话聊聊，但只要有机会见面也决不会放过。记得那年去拍《四渡赤水》，火车要途经郑州，我就从郑州下车去看老爷子。可是我只记得他往在北二七路，至于是几号压根儿就想不起来了。我没办法，只好从进入北二七路就开始大声地向路边喊：辛静……辛静……辛静。那时正是清晨，天还未大亮，我的大嗓门把两边的居民们可是吵着了，有人开窗探出头来，有人索性开门出来探个究竟。我一边赔不是一边寻问。还好有位先生指点了我，于是我又在老爷子楼下大喊。凭着话剧演员嗓门大，底气足的特质，终于把老爷子夫妇从梦中唤醒。他俩亲自到楼下接我，给我弄好吃的。老友重逢特别兴奋，有说不完的话。只是时间太不留情，转眼就到了下午，我告别了老爷子夫妇赶火车去了。

如今老爷子夫妇都已仙逝，好在他的两个儿子辛明和辛生经常打电话来问候。每当这个时候我就会想：这一定是老爷子想我了。老爷子夫妇，愿你们在天堂一切安好！

2018 年 1 月 5 日

金安歌

影视剧表演艺术家、原上海儿童艺术剧院院长、上海青年艺术剧院副院长

序言（五） 画人难画魂

邹学东

辛明：你好！

中国春节到了，我给你发出了祝福。我想了很久，很久，就是写写你父母的这件事。你一定要把父母的一生写出来，或是把他们的艺术人生写出来！能么？！中国社会各行各业，包括艺术、文化每走半步，都和政治、经济紧密相连着。

我是 1960 年进入实验话剧团的，那时刚从中戏本科毕业。我进团的第一个任务就是参演话剧《东进序曲》。你爸演新四军代表，我演汪精卫伪政府代表汪光夏。有一场戏，叫舌战群顽，我们饰演的两个角色舌战几个回合，汪光夏败下阵来。我和你爸的第二部戏，是剧团在大庆排的《胆剑篇》，他演勾践，我演鸟佣。往事历历，犹在眼前。

你的父母辛静和付琳待人亲和，有很高的创作热情，创作才华极高。我在台上跟你爸爸辛静演对手戏，使我受益匪浅。他在台上的自我感觉、行动总是能感染我。他的舞台语言是在人物规定情境下的自然行动，实在是好极啦！那个《东进序曲》中的新四军党代表，活脱脱地、正气凛然地站在那里。作为演员，我站在台上，心里暗暗地赞赏他！这真是一个好演员，一个天才！而在生活里，你的父亲辛静和付琳更使我敬重。1973 年，“文革”接近后期，我到郑州落实政策，辛静和付琳在被打成反动艺术权威，被专政和监管的极为困难的情况下，仍然视我为朋友，默默地把我领进家里，冒着极大的风险把我藏在一个不为人知的房间里，每天给我送饭吃。

我就这样在你家住了几个月，避开了那个特殊年代中的疾风骤雨。辛静和付琳后又把我介绍给鹤壁市文工团。我在那里导演了《万水千山》《枫树湾》等几个大戏，受到所在文工团和鹤壁市文化局、宣传部和广大市民的热评，也为后来调到大庆任大庆文工团业务团长和评定高级导演职称奠定了基础。

在我的生命旅程中，辛静、付琳是我的真正朋友，是我的真正知己，是我的恩人。有道是：画人难画魂。要想写出辛静、付琳这对艺术搭档、生活良伴的一生，是需要倾注真情、付出心血的。辛明，你一定要加油！

2017 年冬日

邹学东

原北京实验话剧团演员、大庆文工团业务团长、导演

辛静大师哂存

王良

人生如戏瞬息间，戏若人生苦涩甜。
清宫秘史听雷雨，原野日出话夜店。
西安事变传佳话，东进首战平型关。
霓虹灯下一家人，针锋相对胆剑篇。

王良

原郑州市话剧团演员、郑州晚报社记者

不管是在电影崛起的年代，轰动一时的《西安事变》《双雄会》《代理市长》的拍摄现场，还是在那个年代简陋的家里；不管是在如今影人集聚的电影节上，还是在义演公益电影的间歇中；不管是正值壮年的创作巅峰时期，还是两鬓霜白内心挚爱依旧……我们聚在一起的时刻满满都是亲密和欢乐，永存这难忘的珍贵影像

《西安事变》剧照

辛静

藝影迴眸

為人忠厚老话剧人

修養極高技藝無痕

在电影"西安事变"合作中從辛静老師

身上学到不少做人演戏的好作風高技藝

丁酉 王鐵成手 八十又二

王铁成所赠书法：辛静，艺影回眸。为人忠厚老话剧人，修养极高技艺无痕

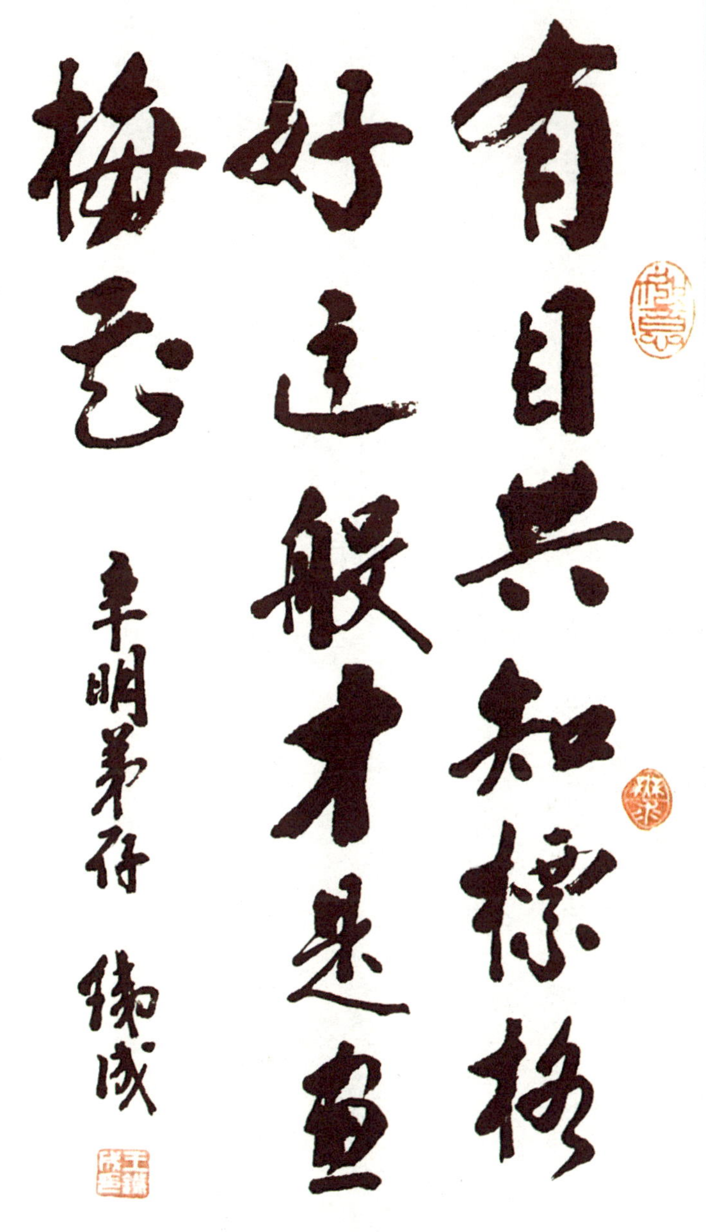

王铁成所赠书法：有目共知标格好，这般才是画梅志

王铁成

著名表演艺术家，周恩来总理特型演员。

代表作：话剧《转折》，电影《大河奔流》《西安事变》《风雨下钟山》《周恩来》《周恩来——伟大的朋友》等

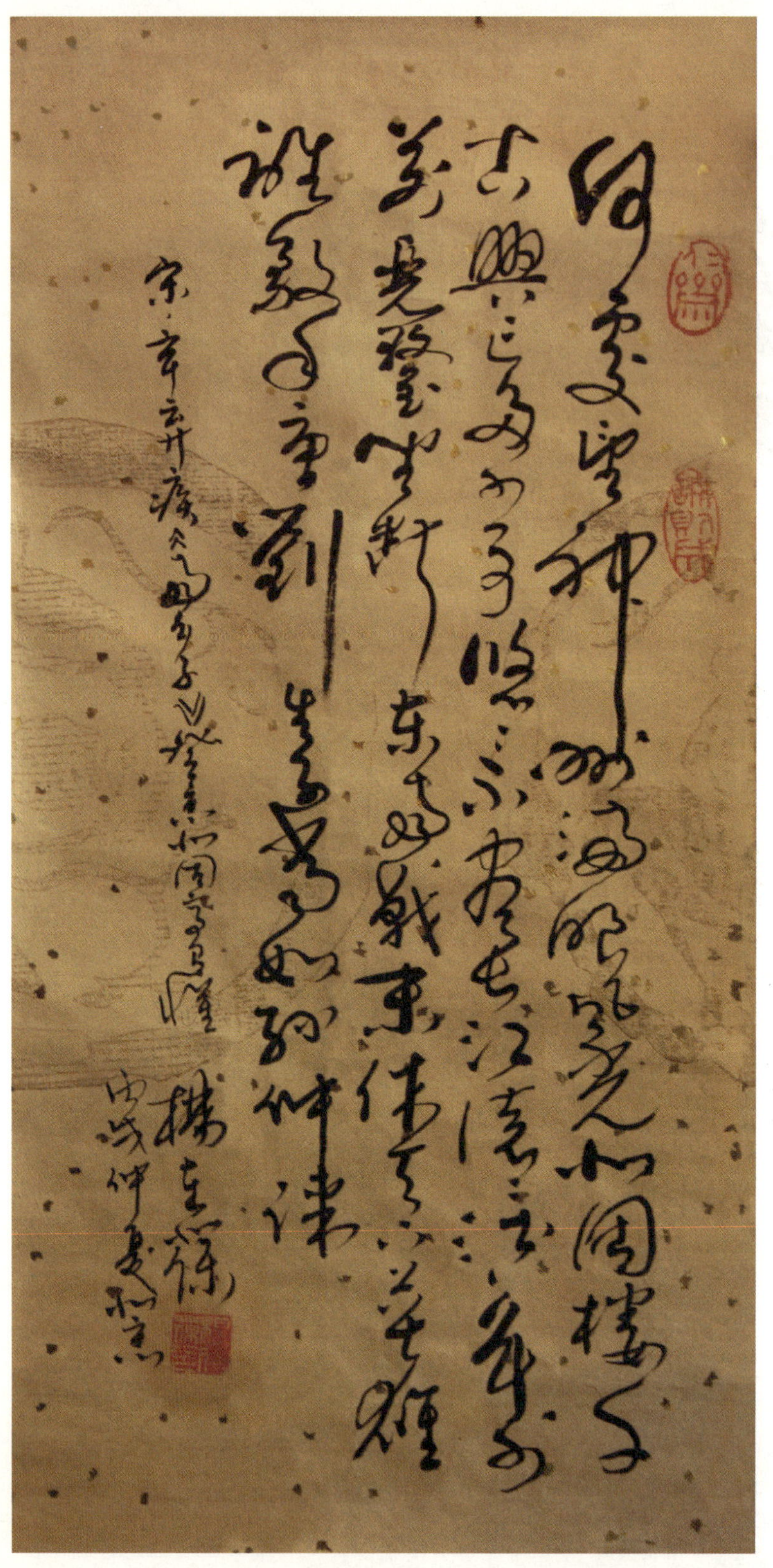

杨在葆所赠书法：

《南乡子·登京口北固亭有怀》

辛弃疾

何处望神州？
满眼风光北固楼。
千古兴亡多少事？
悠悠。
不尽长江滚滚流。

年少万兜鍪，
坐断东南战未休。
天下英雄谁敌手？
曹刘。
生子当如孙仲谋。

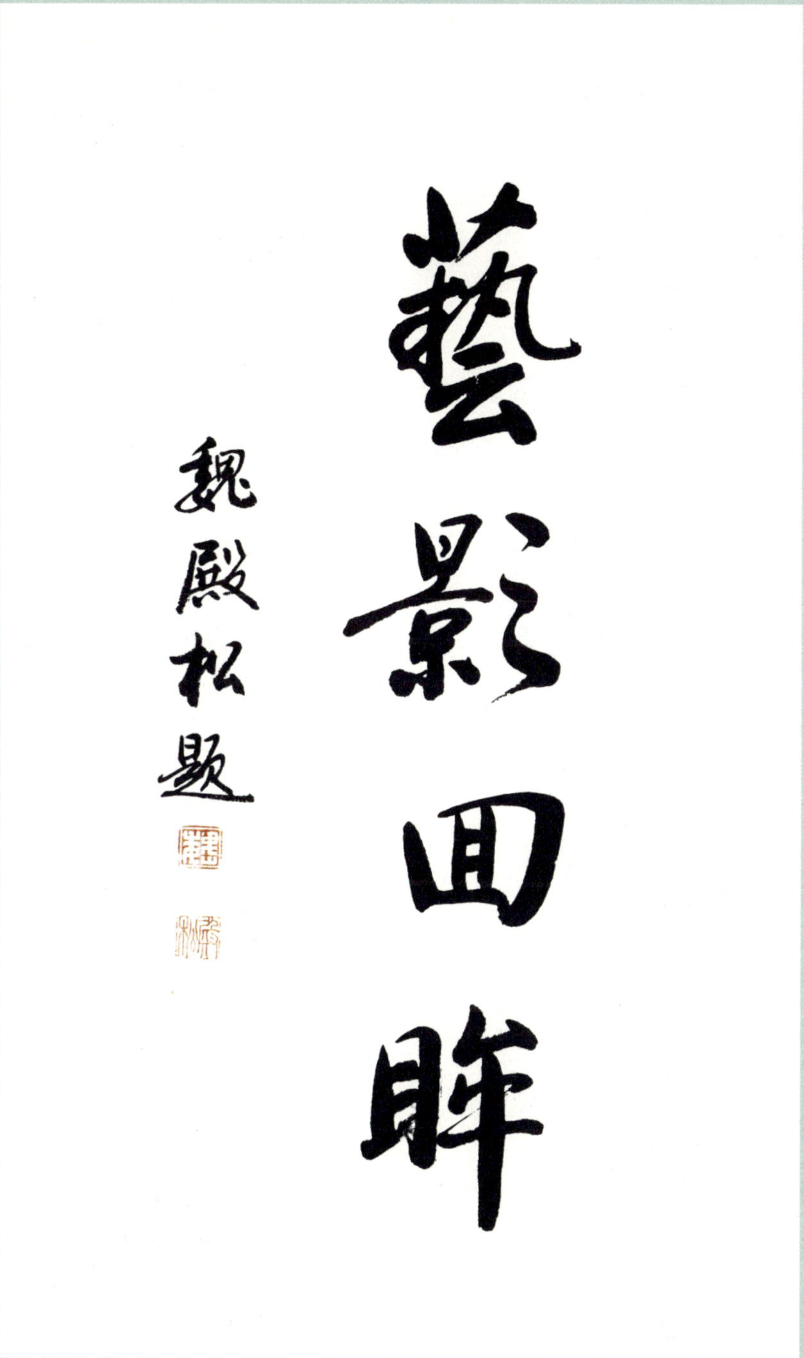

藝影回眸

魏殿松题

魏殿松所赠书法：艺影回眸

魏殿松

故宫书法家，“馆阁体”研究学者。

现任故宫紫禁城书画艺术协会理事、中国书法艺术家协会理事等职，兼任《艺术》杂志，《书画名家报》编委

著名书法家陈长水所赠书法：大德必寿，云鹤游天

著名书法家赵国华所赠书法：影之舞

引子

这本书是以“我”为视角，回眸我伟大的父亲辛静和善良的母亲付琳一生与艺术为伴的文字。

也是我从自己还是一个小小的人体细胞时开始，直到长大成人，始终受他们影响而大半生奔波在艺途却乐此不疲的亲身经历。

我是伴在父母身边时间最久的一个孩子，也是随他们奔波于各地最为颠沛流离的一个孩子。

在那一段段的路途中，每到一处就安一次家，可无论一年半载还是二三十年，我们始终都是漂泊在外的游子。

于母亲——沙棘富察氏的家在帝都朱漆飞檐的宅门内。

于父亲——辛家的老宅在天津卫荣安大街 98 号。

我的讲述就从这里开始。

安
平
入

目录 CONTENTS

第一部分

人间有艺总关情

上邪！

我欲与君相知，

长命无绝衰。

山无棱，江水为竭，

冬雷震震，夏雨雪，

天地合，

乃敢与君绝！

——《乐府诗集》

一

穿透云层的月光，洒落在富家的庭院内，随风摇曳斑驳的树影，伴以浅唱低吟的虫鸣，倒是给白日里沉静而肃穆的院子增添了几分生趣。

“老爷，您回来啦。”一袭长衫的老管家将富家家长富显庭迎入院内，自己紧跟其后。

“今天又在梅先生家学了一段。”富显庭没有回头，自顾自说道。

“老爷您可是梅先生家的常客，着实令旁人羡煞不已。”

“她明知老爹爹为奴行聘……”富显庭不答，唱着《凤还巢》踅进正房内。

（二）

“嘿，这几个臭小子，真是三天不打上房揭瓦。”一个手握床扫把的妇人从厢房里冲出来。几个正在院内喧闹得不可开交的孩子见状立即一哄而散。

“今晚上你们二哥从橡胶厂回家来。老三老四，你俩去把水缸注满。”两个不太壮实的男孩顺着妇人手指的灶房方向跑去。个头高的往下拽了拽紧贴上身的衣角。另一个呢，则差点跌一跟头。

“老五老六，你俩小的，把院门边堆的杂物给归置归置。”妇人话音未落，那两个更小一些的男孩便嬉笑着往院门走去，一个吸溜着鼻涕，一个提了提稍显肥大的裤子。

看着孩子们的这般模样，伴随着一声无奈而又觉好笑地叹息，妇人将用于威慑孩子们的床扫把丢到一边，追着两个小的往院门走去。

“啥时候你们的爹从部队上回来就好了。”妇人小声嘟囔了一声。黄昏的日光柔和地映照在妇人眼角的皱纹上——这就是我那善良的奶奶每天忙碌于荣安大街98号的老宅中的情景。

（三）

贝满女中的基督教堂前，留着利索短发、身着布拉吉的学生，正穿过草地，相伴着往校舍方向走去。欢声笑语间，她们迈着轻盈的脚步，大大方方地行走于绿油

油的青草间，恰似舞动着的青春步伐，踏在一张巨大的地毯上。

这座坐落在灯市口同福夹道胡同里的由美国基督教公理会于 1864 年创办的北京最早引进西方教育的学校。校舍原是明代宰相严嵩之子的府邸，早先那座檐牙高啄、红柱绿椽的大门则足以昭示曾经王族贵府的富丽气派。

在这所当年京城最好的中学里读书的女孩子，相较于别处的女孩子们，有着异样的气质。这种异样的气质，倒不仅是凭借了她们阔小姐的身份，还含有新时代进取的精神。如果说端庄贤淑、聪慧能文意指婉约的话，豪放则体现在她们立志冲破家庭与礼教之束缚的言行中。

曾诵读着“忽寝寐而梦想兮，魄若君之在旁。惕寤觉而无见兮，魂迋迋若有亡”的她们亦晓得那个被称作“小鸟儿”“小松鼠儿”的娜拉既不应该是父亲的玩偶，也不会是丈夫的玩偶。

那是一个遥远的年代，目力难及。然而，那是她们的碧玉年华。也是身处其中的富显庭之独女富国栋的碧玉年华。

那日的门槛儿似乎格外高了些，辛家长子辛琦珍颇费了力气才跨过左脚，竟又回头，再次挥别。他眼见得妇人微颤的肩头上未及掸尽的灰尘，想伸出手去拂一拂，却又见弟弟妹妹不像往日那般自顾喧闹，少了几分生气，只是定定地望着他。于是，在迈回左脚的那一瞬，他转身伸手解开拴在行李卷边上的一个小纸包的绳子，冲个头最小的弟弟招招手。

“来，小小子，把这个拿去你们分了吧。”弟弟兴冲冲地跑到他跟前，不无欢欣地接过那个隐隐散发着香甜的小纸包，浸透纸包的一斑油渍让孩子们产生迫不及待要拆开并一口吞下的冲动。

“妈，部队上总不差这口吃的。”辛琦珍与妇人相视一笑，旋即扛上行李折身踏出院门。脚步声随着他的远去，销匿在檐门外。

小一些的孩子们还不懂品味那种特有的香甜，便将各自分得的半块点心一股脑地吞下去。大一些的孩子们呢，则似乎懂得了咀嚼的乐趣，一边将点心慢慢送入口中，一边用空下来的那只手接着细碎的点心渣渣。

待妇人回过神来，望见一心舔着手指的孩子们，不禁在心里感叹一句：“往后啊，你们二哥宝珍的担子更重了。”

五

夜幕已拉下，借用钱钟书先生的话来说，“夜黑得太周密了，真是伸手不见五指！在这种夜里，鬼都得要碰鼻子拐弯。”

当辛宝珍推开剧场大门时，昏黄的微光携裹着剧场里特有的气息袭面而来，正迎上他那已经在黑夜中前行了很久的目光。霎时间，亮了，暖了。于是，恍惚了，放松了。渐渐地，他的夜开始化了，化着化着夜色就淡了，淡着淡着就明亮了。

他没有如往常那般一步跨上舞台参与到剧社同仁们的排练中，而是站在台下，静静地观望，那带着虔诚的观望里竟夹杂了一种仰慕。不，也许用爱慕更恰当些。

舞台上，一个扮成母亲模样的女子，正沉浸在她的角色中，静动自如，或嗔或喜。

她似乎不曾发觉，台下的那一束炽热着的欣赏着她的目光。可是，那只是似乎啊，

从他进门的那一刻，她就感觉到空气都变了，那时的空气里多了一丝甜，无论用什么词语都无法准确描绘的甜，因此，她怎会不知他是从何时站在那里的呢？她又怎会不知该怎样迎接他的炽热呢？

六

“嘿，快走啊，快走！”一只冻裂的手挥舞着一根树条子，轻拍在猪背上。小伙子辛宝珍一边赶猪，一边自言自语道：“好家伙，快走哈，一大家子人还等着咱们回家过年呢。”寒冬腊月的风刀割般划过小伙子的脸，穿过他单薄的胸膛。他紧了紧上衣，加快了步子，苍茫而有力的吆喝声回荡在荒凉的天地间。

那个年关，多亏了他跑到几十里外的沧州赶回来两头猪。肉卖掉还债，猪下水留下，全家过了个肥年。

他八岁当学徒，上有父母，长兄，下有姐姐弟弟五人。战事吃紧的年代，长兄参军参战。十六岁的他便挑起长子之责，为了生存东奔西走。

七

富家客厅内，陈旧的红木家具成组成套地对称摆放，条案前的方桌一尘不染。一个上了年纪的妇人，着一身宽松的米白色旗装，端坐几前。微紧的腰身，略收的下摆，使她的姿态看上去庄重而不失优雅。

妇人轻端盖碗，却无心饮茶，便又放下。碗未落，妇人已抬起眼道：“你且把心安放好，我断断是不会答应你的。你的血脉里流淌的可是皇族的血，怎能下嫁给一个卖苦力的？”

“堂堂一个小姐，怎么过得那种苦日子？你是家里的独生女儿，就算你勉强过得了，我们又能忍心看着你往火坑里跳？”

“门不当户不对的，受苦的可是你自己。”

“你是上了新式学堂的，不晓得这些年你都学了些什么新思想。嫁娶之事，总是得听从家里的安排。都是为了你好。”

“你这是要铁了心了？”

静坐一旁的女子不为所动，低头不语。陈旧的家具不懂得，被唤作母亲的妇人也不懂得，只有她身上的浅蓝色布拉吉裙子上的小碎花懂得她的心绪。

八

“讲什么门当户对？讲什么属相不合？”富国栋停下脚步，抬起头来，定定地望着辛宝珍。

辛宝珍不言，伸出双手，要接过富国栋手中的车把。待他意识到自己粗糙的手会引来女子对他的怜悯甚至轻视之时，已来不及抽回。他索性推上她的自行车，直愣愣地快步走开，不让她看到他的红面赤耳。

“你慢点，等等我。”富国栋追上来。

他放慢了脚步，仍不言语，跟她并排往前，拐过一条又一条街道。

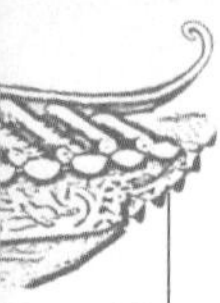

半晌，小伙子立定，紧紧地盯着她的明眸。

“你不怕背叛了你的家庭，让你受尽苦头？”

“你不怕跟我劳心受累地熬日子？”

她嘴角浅笑，目光生辉。她知道，这一问就是心定了。

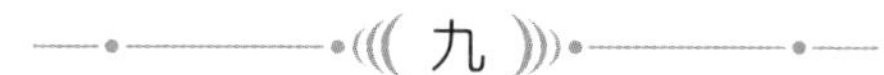

九

换掉了布拉吉裙子的小姐，别起了头发，手中翻飞的针线正在将一块块的棉布缝合在一起。她那挥针引线的功力并不啻于她在话剧舞台表演上的张力。一针针，一线线，不急不缓地将细碎的布片儿连成了一件像模像样的婴儿服。

昏暗的灯光下，将为人父的辛宝珍举着妻子制作出的小小衣服，并不掩饰心中喜悦。他望着小小衣服的神情就像是在观赏一件难得的艺术品。他用手指在领口上走了一圈，竟冲着妻子笑道：“咱们孩子的脖颈得这么宽？”一边说一边伸出两指比划着尺寸。

“哟，那么小的娃娃还不得天天捧着？可不嘛，跟捧着个宝物似的。”他自问自答，而不顾一旁已经收拾好针线斜躺下地对着他笑的妻子。诚然，那笑里含有一点点对成年男子柔情尽露的取笑，更多的则是对当下的心满意足。

父母结婚照

▲ 父亲

母亲

囍

1947年，父母终于完婚(前排中间二人)，此为我保存了71年的他们婚礼中的合影，后排左二为我的姥爷富显庭，左三为证婚人张章，左四为我的爷爷辛虎臣

▲ 1951 年，母亲带着我和玲妹在天津真真照相馆拍下这张合影

1948 年，这个即将出世的新生命跟着母亲登上话剧《上海屋檐下》的舞台。如果说胎教也是一门学问的话，那么母亲无疑担任了一部行走的教科书的角色。话剧舞台对我的影响大概源于那个时候。

这部由戏剧家夏衍创作于 1937 年的三幕悲喜剧，通过描写上海弄堂里五户人家一天的生活经历，来揭示那个时代小人物命运中的挣扎与苦痛。

同年，我的父亲因自导自演这部进步话剧，被国民党关押。当时的社会环境恰如夏衍先生在该剧的第一幕里写的那样：“这是一个郁闷得使人不舒服的黄梅时节，从开幕到终场，细雨始终不曾停过。”父亲的遭遇，将母亲推向“空气很重，这种低气压也就影响了这些住户们的心境。从他们的举动谈话里面，都可以知道他们一样的都很忧郁，焦躁”的状态中。

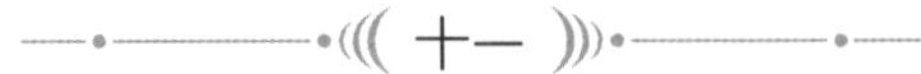

十一

1948年11月底，平津战役打响第一枪。据史料记载，人民解放军东北野战军领导人决定集中5个纵队22个师，连同特种兵总计34万人，附重炮538门、坦克30辆，以绝对优势的兵力兵器夺取天津。1949年1月2日，各攻击部队进至天津周围，开启天津战役。1月14日，解放军开始总攻天津。上午，解放军冲进了城防线，分三路进城。

在街巷作战中，国民党部队飞机扔炸弹，解放军在百货大楼楼顶进行机枪扫射。母亲抱着襁褓中的我，与父亲以及民间话剧团全体人员，躲在百货大楼对面的仓库里，等待营救。仓库旁是剧场，舞台上的边幕先着了火。

四溅的火光在轰然一声的爆炸后，透过仓库大门的缝隙，给躲在里面的人们更增添了无限的惊慌。母亲用手臂又将我往怀里紧了紧，另一只手抓住父亲的棉袄背后的一角。良久，门外激战声呈现渐渐平息的趋势。父亲望向神情略微松懈了的母亲说："我先去看看情况，你抱住晓鸣站在这里，不要动。"母亲目送着父亲的背影，那被她拽住的棉袄的一角皱在身后。

战战兢兢，如履薄冰，父亲向前的每一步，似乎都是在直奔深不可测的深渊。而对于母亲而言，似有蛇蝎开始啃噬着她的心。任何的突然响动，都会触动母亲的神经，最终将她推到父亲的身边。当父亲以及紧随其后的几位剧团同仁，在仓库的大门前站定，屏住呼吸的众人逐渐有了一些骚动，直到大门被缓缓打开。在大门被打开到只能容几人冲出去的那一刻，父亲及张章伯伯等几位同仁高声呼叫着："我们是剧团的。"幸而进来的是解放军。

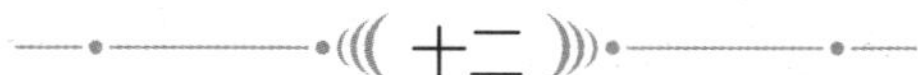

十二

新中国成立初期，由于话剧市场的不稳定，剧团的经营惨淡已难解糊口之困。大伯参军未归，家中没有主事人。无奈之下，父亲携母亲暂别话剧舞台，回家开办了天津辛记橡胶厂。父亲领着三叔、四叔，在外干活养家。在辛氏大家族里担当起大嫂之职的母亲，勤俭持家，兼顾族人。以忍让、仁爱、贤惠、宽容、不争不抢的性格，深受家人喜爱。

后因扩展业务，辛记橡胶厂在青岛建立分厂。从分厂的建立到重返话剧舞台，母亲跟随父亲一路走来，对父亲鼎力相助，毫无怨言。及至后来，从北京民艺话剧团的成立，到北京实验话剧团的辉煌，再到艰难的安达岁月，母亲一直与父亲相伴相随，走南闯北，历尽艰辛，不离不弃。

▲ 20 世纪 50 年代末，正值盛年的父亲

1957 年，已有五个孩子的母亲，应天津照相馆之邀，为其拍摄摆放在橱窗里的系列广告照片

气度雍容的母亲

十三

郑州市人民公园 6 平方米左右的小土屋里，放了一张双人床，一个小地桌，还有两把在东北那个寒冷周末的上午没能卖出去，被带回北京复又搬到郑州的小椅子，整个满满当当。滴答的雨声敲打着窗外，也敲打着屋内用来接雨的锅碗瓢盆，奏出了母亲内心的一曲惆怅。在那样漆黑的夜晚，演出回来的父亲推开家门，望见因思念四个远在京城的子女而独自垂泪的母亲，想着法转移母亲的注意力。同样是在那间狭小的屋子内，同样浓的深夜里，当疲惫不堪的父亲演出归来，躺到床上迷迷糊糊地说出一些琐碎的话语时，母亲却不答话，为了让父亲尽早入眠。落笔于此，我忽然想到，在那样困难的年月里，当两位在舞台上演尽别人的悲欢离合的演员走下舞台卸下脸上的妆容，回到自己的生活中时，又有谁看得到、感受得到他们的苦楚。唯有相伴相携一生的人相互懂得。

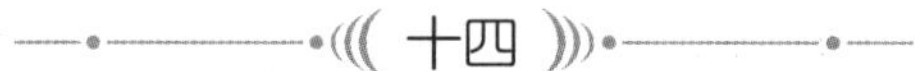

十四

“文革”期间，父亲被关牛棚并停发工资的年月里，母亲用她那每个月 98 块钱的收入，撑起了一大家子的生活。每月除掉给爷爷和姥爷各寄的 15 块，给父亲交完伙食费和烟钱后，母亲用仅剩的五十几块钱养活了几个子女。“文革”结束后，父亲与母亲重返话剧舞台，共同在电影与电视剧中扮演了不少的角色。

父母合影

我的父亲母亲相扶相携走过人生四季

十五

纵观父亲母亲的一生，是相携相伴，在艰难岁月里相濡以沫，在盛世岁月里如鼓瑟琴的一生。

父亲于 2012 年 5 月 9 日去世。

2016 年 11 月 21 日，母亲驾鹤西行，与父亲天堂相会。自此，他们留给我的是深切的怀念，永远的。

他是《清宫外史》里的翁同龢，她是慈禧太后。

他是《霓虹灯下的哨兵》里的指导员路华，她是林乃娴。

他是《夜店》里的全老头，她是馒头张。

他是《青松岭》里的张万山，她是张大娘。

他是《第二个春天》里的政委冯涛，她饰演母亲。

他是《首战平型关》里的团长杨海波，她饰演老大娘。

他是《与魔鬼打交道的人》里的张公甫，她是张太太。

他是《雷雨》里的周朴园，她是鲁侍萍。

他是《革命一家》里的欧阳梅生，她是陶承。

他是《南方来信》里的游击队长，她是越母。

他是《针锋相对》里的克莱特将军，她饰演大娘。

他是《于无声处》里的何是非，她是何秀英。

他是《真假姑母》里的假姑母，她是真姑母。

他是《四世同堂》里的金三爷，她是四大妈。

他是《R4 之谜》里的李父，她是路母。

上图：话剧《革命一家》剧照
下图：话剧《枫叶红了的时候》剧照

上图：话剧《清宫外史》中父亲饰演翁同龢
下图：话剧《清宫外史》剧照

话剧《阮文追》剧照

上图：电视剧《四世同堂》剧照，母亲饰演四大妈

下图：电视剧《四世同堂》剧照，父亲饰演金三爷

我的父亲和母亲，不但是生活中的伴侣，
也是艺术上的知音

第二部分

百转千回终不悔 璀璨舞台绽芳华

你的日常生活，

就是你的殿宇，

你的宗教。

—— 纪伯伦

辛家在荣安大街98号老宅时，人数不全的全家福。拍摄时间大约是1954年冬，那一天好像是爷爷的生日，奶奶也还健在（二老坐于中排）。大爷从军未归，父亲和三叔忙于挣钱养家，时为学校校长的五叔因开会未能来，母亲（上排左二）掌大嫂之职，帮父亲一同支撑这个家，家中的其他成员四叔、大姑妈、三婶、老叔均在。我为长孙，身下虽有玲妹、荣妹、金英与二红，可也还只是个六七岁的孩子（中排左一），因一路跟随而来的家里的大黄狗未被允许入镜而很不高兴

抗美援朝时期，爷爷作为军属去朝鲜战场慰问时和大伯辛琦珍的合影

“所有的帷幕都是崭新的，一切都是兴旺的气象，屋里家具非常洁净，有金属的地方都放着光。屋中很气闷，郁热逼人，空气低压着。外面没有阳光，天空灰暗，是将要落暴雨的神气。”

“她的眼有些呆滞，时而呆呆地望着前面，但是在那修长的睫毛，和她圆大的眸子间，还寻得出她少年时静慰的神韵。”

“他有些胖，背微微地伛偻，面色苍白，腮肉松弛地垂下来，眼眶略微下陷，眸子闪闪地放光彩，时常也倦怠地闭着眼皮。他的脸带着多年的世故和劳碌，一种冷峻的目光和偶然在嘴角逼出的冷笑，看出他平日的专横、自负和倔强。”

——节选自曹禺先生话剧剧本《雷雨》

置身于堂皇的剧场齐臻臻的观众席上，不觉间，注视着舞台的视线有些模糊，思绪如毛衣上越了轨换了道儿漫步的线头，一开始清醒着还想着能掐断了它，不错过舞台上精彩的演出。熟料，它竟联络起整根丝线往外走，越是要往回拢，越是加快了步伐，领着头地往前跑。

一边是可以容纳近两千人，采用数字式调音台形成左右立体声模式，配有追光灯、天排灯、地排灯等多种舞台特技效果灯的多层剧场；另一边则是排满旧漆斑驳的座椅，全凭演员将声音传递到各个角落，人工打灯的小剧场。一边是古朴大气的舞台美术，灵动鲜活的舞台形象；另一边则是简陋的布景以及遥远的回望。同样的情景语言，完成了两个空间的交错。到最后，思绪越跑越远，横冲直撞，带我奔往久远的年代。

徐徐起立的周朴园直望向鲁侍萍道："哦，侍萍！"他从沙发走向放了相片的柜子，疑虑的目光透过皱起的双眉下擦得一尘不染的眼镜片仍然定格在她的脸上，低声道："怎么，是你？"

鲁侍萍背过身去，难掩颤抖着的心，愤愤然："你自然想不到，侍萍的相貌有一天也会老得连你都不认识了。"

周朴园望望相片，又望鲁侍萍："你，侍萍？"

木然地抽出手绢揩拭眼角的侍萍转身直盯住他的双眼，道："朴园，你找侍萍么？侍萍在这儿。"

仿佛一只被抢食的饿虎，受到了威胁的周朴园立刻厉声道："你来干什么？"

鲁侍萍攥了攥抓住手绢的右手，退后一步："不是我要来的。"

往前一步的周朴园，食指指向侍萍："谁指使你来的？"

“命！不公平的命指使我来的。”侍萍再次背过身，悲愤地说。

冷笑一声的周朴园，折转身将相片放回到柜子上，继而冷冷道：“三十年的功夫你还是找到这儿来了。”

只消这一句，凭借侍萍对周家的了解，此时占据侍萍身心的怨已经超过了愤：“我没有找你。”她重复道：“我没有找你，我以为你早死了。我今天没想到这儿来，这是天要我在这儿又碰见你。”她抬头，天花板不语。

新中国成立前的天津，昏暗的小剧场内，话剧《雷雨》继续上演。

《雷雨》是戏剧家曹禺先生的第一部作品，也是中国现代话剧成熟的标志。在这部具有诗意之美的作品中，曹禺先生用简练而含蓄的语言，对多种人物进行性格设定，并以恣肆的笔调将整出戏的悲剧色彩描绘得淋漓尽致。

借那一方晕染着周公馆的郁闷阴沉的舞台，父亲辛静将专横虚伪却仍然会有一瞬间幻化出一分真诚颜色的周朴园呈现到观众面前，饰演着顽强刚毅，却还是没能逃掉原本清澈的生命被撕得粉碎之命运的鲁侍萍的是我的母亲付琳。

父亲与母亲的相识缘起已无人知晓。父亲登上话剧舞台则是源于母亲的引领与鼓励，及至后来在舞台上孜孜以求的数十年间，母亲的支持与陪伴一直在其左右。无论在事业上还是生活上，相随闯荡历经变迁，相互懂得与理解，是父母一生的写照。

父亲原名辛宝珍，1928 年 1 月 13 日生于天津一个退伍军人家庭，姐兄弟七人，家中排行老二。

我的祖父辛虎臣原籍山东，自小习武私教不是平常人家，十几岁时沿着铁道一路逃难到天津。我的祖母崔洁是当时从属于河北省（如今从属于天津市）的大毕庄人。

祖父曾是冯玉祥将军麾下的文教副官，因家中负担过重，远在家乡的妻儿生活艰难，祖母一人无法养活一女六男七个子女，再加上抗日及内战的战事吃紧，对妻小安危的惦记与日俱增。冯玉祥将军得知后，特送二百银元及他穿的大皮袄一件，让祖父返回家中，照顾一家老小。在战事更加吃紧的年月，祖父为报将军恩，送长子（即我的伯父）辛琦珍参军参战，伯父加入了中共中央四野部队炮一师二十七团，后任炮师侦察营长。从东北过黄河，过长江，伯父随部队一直打到海南岛。在抗美援朝战争中屡立奇功。抗美援朝期间，中共中央组织国内慰问团赴朝看望部队，祖父得以在战场上首次见到别后的伯父。在朝期间，祖父教部队战士学文化，担起战地教员一职，深得部队好评。善良贤惠的祖母，每天忙着解决一家老小吃喝和家务问题，暗夜中悄悄落泪，盼儿平安盼儿归。

父亲挑起长子之责，与祖父一起每天为一家人的饭食而奔波忙碌。父亲带领着三叔辛学珍、四叔辛儒珍卖苦力挣钱，以养家糊口。

认识母亲后，父亲在母亲的引领下开始学演话剧。在那个依然奉行封建礼教的年代，父亲与母亲的结合遭到了母亲家族的强烈反对，但母亲毅然冲破家庭的束缚，义无反顾地跟父亲走到了一起。

父亲 1944 年考入天津艺兴剧团后，参加过大陆剧团、天旅剧团的演出，先后与周刍、李景波、王培、张章、林默予、凌云、赵慎之、张茜、董行佶、张瞳、刘钊、周洲、李保罗、王犇、王刚、陆丽珠合作演出《雷雨》《福尔摩斯》《日出》《夜店》《原野》《都市之风》《魂归离恨天》《金玉满堂》《捉鬼传》《上海屋檐下》《裙带风》《三千金》《钗头凤》《真假姑母》等剧目。

1949 年初，天津的经济萧条，百废待兴，物资贫乏，大部分市民失业，在几乎无收入的情况下艰难度日。在那样一个衣食尚且难以保证的年代，为人们提供精神食粮的话剧事业难免举步维艰。在日益空荡的小剧场内，各个剧团也陷入一种低靡的状态中。各自另谋生路的想法在剧团内早已心照不宣。

那一日，父亲如往常一样走过一条又一条街道，在一个碰鼻子拐弯的地方停下脚步。他面前的剧场大门紧闭，依然挂在剧场外灰白墙上的过了期的话剧海报被风掀起，如一个因失势而被人欺凌将要流放的老人家，再也寻不到往日光辉。父亲推开了剧场大门，母亲紧跟其后，他们提前走进剧场，是来与同仁们话别的。他们走过一排排的观众席，父亲扶着其中一张座椅，回过头来，与母亲四目相对。母亲不言，各人眼中的不舍彼此懂得。“再往舞台上站一站吧。”父亲提议道。伫立舞台中央的父亲，一时间难以适应空无一人的观众席，他试图在暗影中寻觅到一点安慰，不要在自己二十出头的年纪就离开喜爱的舞台。然而，那么多要吃饭的家庭，还有自己的大家庭里那么多张等待食物的嘴，以及嗷嗷待哺的孩子，都无法给他一丝安慰。舞台上的情景和观众席上的目光以及家中待养的老小盼望吃食的样子，不停地在父亲的脑海里闪回。将一切看在眼里的母亲，在迎上父亲落寞而又无奈的眼神时，报之以浅淡却饱含理解与鼓励的一笑。不知不觉间，剧团同仁们陆续走进剧场，散伙的时刻终究还是来了。他们寒暄着，道出各自的新打算，眼神流转在剧场内，再落回面前的旧友身上，也只好话一阙“念去去、千里烟波，暮霭沉沉楚天阔”，再道一声江湖再见。

当时家中依靠祖父母做些苦力维持着，祖父无奈做起给人修鞋的营生，祖母则给有钱人家洗洗衣服，聊以维生。大伯参军未归，家中尚有父亲、母亲、三叔、四叔、五叔、六叔、大姑及姑父，还有我和两个妹妹。全家十多口人的吃喝用度以及房租，都是亟待解决的问题。祖父退伍时冯玉祥将军所送的大洋是杯水车薪，已寥寥无几。之后也就有了跟姑母家借粮无果而归以及年关里父亲和三叔去沧州赶猪二事。就此，父亲携母亲暂时离开了话剧舞台。父亲成了家族中的主事人，带领着一家老小谋生糊口。

新中国成立后，国家号召发展个体手工业以补国家的经济和物资贫乏。父亲和三叔 8 岁时曾在橡胶厂当学徒学手艺。于是父亲首先想到的就是橡胶加工这一行业。入行伊始，由于没有资金作为支撑，父亲先联系上别人的工厂做线下代加工，等攒够了钱再干上线的活。当时接到的第一批活是橡胶鞋底剪鞋边，无需动员，全家齐上阵。包括还在蹒跚学步的我也参与到最简单地给大人传递的工作中，虽然收入菲薄，总算有事可做。不至于“瓶无储粟”。

剪鞋底这一项干了些日子后，工厂那边说有些机器可以搬运过来，有了机器就能在家做压鞋底的工作。挣钱还多一些。于是，家里腾出了些地方安装机器。父亲负责对外接洽及原材料引进，三叔懂技术，四叔卖苦力，全家更是轰轰烈烈以此为事业参与到其中。就在这个时间段里家里陆续进了三位打杂的小工。其中两个是没饭吃的孤儿，另一个则是听说“辛记”管饭还给工钱，就让家人把他送来了。

由于父亲的厚道可信以及好人缘，经常是赊账也能取料，季度结算，到后来发展到年底结算，渐渐地，家中的经济状况有了起色。

祖父祖母算是军人家属，“军人家属”的红牌子钉在门牌号上边。因此在生活上也得到了一些优待。

当时成立家庭手工业都要在政府注册，为结算方便避免偷税漏税，于是“辛记橡胶厂成立了”。该厂以祖父的名字注册，父亲担任经理，并与懂技术的三叔带领全家一起投入其中。

当时的家庭手工业，是响应政府号召得到政府支持的，辛记经常出现在政府表彰大会上。那段时间，一切运行得很顺利，收入有了保障，生活也就稳定了。只是忙一些，累一些，但全家齐心协力。祖母带领姑妈和母亲负责全家的吃饭和家务。

祖父坚持每天早起打两趟拳，喝茶喝透后再吃早点，10 点去玉清池泡澡，下午 5 点回家吃饭，饭后坐定北屋练字，等几个儿子来开会唠家常，这时我也会在屋里听大人说话。祖母忙完家事之后带我睡觉，每天如此，生活平稳。当时祖母管家，家中所有收入交给她。她的房内有个桌子，桌子最上层有个洞，收进的钱塞进洞内，需要时开柜取出。

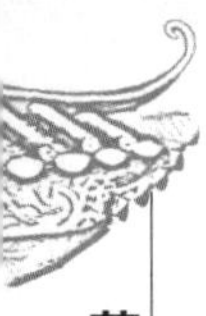

三叔到了适婚年龄，经人介绍娶了三婶，父亲母亲为三叔置办家具，粉刷新房，并亲自去三婶娘家接亲，一时间，辛家宅院内满是喜庆。

三婶过门之后，马上与祖母一起忙起了家务事，当时家中人口已近二十个。吃饭时，男人先上桌，男人餐毕则轮到女人和孩子上桌，一片和谐。小孩子越来越多，没两年就多了好几个，我、玲、荣、强、英、冬，“幼稚盈室”的家族像是展开了生子竞赛。

后来，大伯从部队上回来了，盼子心切的祖母听说大伯要辗转去苏联学习，便无论如何也不肯再放长子远踏异乡。于是张罗着给大伯找媳妇，最后给寻到的是楼上沈家帮忙干家务的姑娘。那段时间，父亲整日忙着给大伯腾新房，购置家具，母亲帮助祖母选料子做结婚衣服以及处理其他琐碎事宜。在这样的操持中，一家子人自然而然喜上眉梢。

之后的一两年中，天津手工业界提出“公私合营”，也是当时的大势所趋。听闻朋友介绍山东青岛的生意好做一些，于是家里商量决定到青岛再建个分厂。

1954 年，父亲带着四叔在青岛东镇建立了橡胶厂，母亲带着我的二妹辛荣和大弟辛强也去了青岛陪父创业。在此期间，家中发生了一件由我引起的“馒头事件”。

由于家中人口众多，每到过年家里总是蒸很多馒头，家中备有两口大缸，一缸盛不带馅儿的，上点一个红点，另一缸则是盛豆沙馅儿的、红枣馅儿的和糖三角。每晚饭毕，我总是顺手从缸里拿出一个，睡觉前用布裹上放于枕头边，留着转天早上跟豆腐脑搭着做早点。那些天，连着几晚，祖父与叔叔们在北屋开会聊天的时间有些长，我也跟着听他们说话。时间太晚，小孩子常常经不住就饿了，我就把留着第二天当早点的馒头给吃了。有一天，我想干脆拿两个吧，事情就出在那两个馒头上。

那晚祖母饭毕，去了家门口的鞋铺想给祖父做一双新鞋子。正在收拾碗筷的大娘，看见我手上的两个馒头，提醒道："晓鸣，拿一个就够了。"见我不动，大娘催促道："你听见没有？一个还不够你吃？一大家子人口呢，哪个不张嘴。"说着便放下碗筷，走到我跟前。我两手握着馒头，大娘见我并没有打算听她话的意思，开始变得不耐烦："赶紧放回去一个。"急着出门的我，被大娘硬拦着，已经有些烦躁，"管得着吗？"我回瞪了一句。

见被一个小孩子顶了嘴，大娘眉头一皱，生气地说："这倒霉孩子！怎么管不着！"

"哼，我天不怕，地也不怕，谁也管不着。"我双手握紧馒头，说着便要往外冲。大娘仍然挡在门口，没有闪让的意思，还顺手抓住我的肩膀，责令我伸出手来。倔脾气上来时如一头被激怒的小公牛的我，自然不肯且要横冲直撞。从外面走进院子里的祖母，恰好撞见我与大娘推推搡搡的一幕。见惯了大家庭人多事杂的祖母，一边往里走，一边问训怎么回事。一见到祖母，倔强的小牛更有了底气，恨恨地望着大娘，向祖母说出原委。

"嗨，孩子么，正赶上长身体，多拿一个馒头，就让他吃去吧。"祖母说着便拉我往外走。也许是见不得老人家护犊子的劲，大娘有些怒了，顿时气不打一处来："可不带您这么惯着孩子的，家里那么多张嘴，凭嘛就他拿俩啊，一天多拿一个，那两缸子馒头下去得还不够快？"

"你跟个孩子矫情个嘛，走，晓鸣。"祖母轻推着我往外出。祖母的无视越发激怒了大娘，大娘跟上来，摘掉了身上的围裙，使劲往桌子上一丢，可能是力气用得过了头，扔得太远了，从桌子上滑到了地板上。祖母望向地板上的围裙，顿时赤面红脸，一拍门框，用手指着大娘说："你甩给谁看！"

"谁爱看谁看！"大娘毫不示弱。

"怎么丢的，你怎么给我捡起来，该干吗干吗去。"祖母以长辈的身份责令大娘。

当时，我的父亲和母亲都去了青岛，家中由祖母主事，作为长嫂的大娘总想在家主事，祖母一直没交权，于是大娘心里的气借机一下子喷发出来。大娘越发小题大做，不肯服软也丝毫不让步。

祖母将我半推半送至门外后，我就欢喜着带着馒头回房睡觉去了。不知道过了多久，在半睡半醒间，似乎听到屋外的吵闹声。待揉开眼瞅见枕前的馒头，想起不久前被大娘喝止的事。一个激灵，迅速跳下床去，出去看看事态如何。待我走近，祖母的哭声，瞬间刺激到我的双耳，只见祖母坐在地上，倚着门框，一边冲大娘念叨着什么，一边揩眼泪。祖母因泪微肿的眼皮，顿时给我一种血液倒流的感觉，不记得当时哪里来的勇气和力气，我疯了似的，大步跨进厨房，在案板上寻着一把菜刀就出来了，一边叫嚣着："你敢打我奶奶！"一边冲向大娘。大娘见状，震得一惊，她如何也想不到一个几岁的小孩子会向她挥着那么大一把菜刀。待她反应过来后，犹如闪电一般迅速躲开。我一边追着，一边大叫着："你敢打我奶奶！你敢打我奶奶！我让你跑！"

我使出了一个孩子的拔山扛鼎之力，挥舞着菜刀，紧追大娘。霎时间，呼喊声与呵斥声，传遍院子里的每个角落。与往日的和谐景象形成强大的反差。同样被这一幕震惊到的大人们，明白过来后，立刻冲过来，拽住我的胳膊，抢夺下我手里的菜刀。

我挣脱着大人的手，面红耳赤，喘着大气，怒目直视大娘。

"晓鸣要杀人了，哎呀！不得了啦！"大娘见我被挟制住，略微松了口气，终于停下仓皇无措的步子，叫嚷道："快叫派出所来人啊！"现在忆起当时，大娘是街道积极分子，即便是家族内部事情，依大娘的性格，也会公事公办。

很快，来了个警察，通知我去派出所。祖父作为家长跟着我去。在派出所里，警察了解到情况后，跟祖父说："大爷！家务内部事情我们不便多说什么，您是军属又是老军人。您知道，可得教育好您的宝贝孙子！不管有理没理，一动刀全没理喽！”

“谁说不是呢？”祖父一边答话，一边望向还在倔着脸的我。

“带您孙子去南市转一圈，‘王记’的面茶特别好！待上一会儿再回家。”警察拍拍我的脑袋，指着南市的方向，将祖父和我送出了派出所大门。

回到家后，风波已过，一切恢复平静。本来没有什么原则性问题，但这件事却是至今难忘，大家庭内的矛盾正是从那时起渐渐浮出水面。

青岛分厂建成以后，经营上并不顺利。四叔在青岛结婚后只能回到天津。随后父亲也跟随老友们闯江湖，跑码头演话剧去了。这是后话。四叔从青岛回到天津，住在我父亲母亲原来的房间并带回了阿凤妹妹。

叔叔们各自成了家，家族里的矛盾层出不穷。分家单过已成为当务之急。祖母开始经常去医院住院。父母亲很快也回到天津家中，照料病中的祖母。

1958 年的一天，我正在街上玩，听见有人喊道：“晓鸣，你奶奶回来了，你家大人都在找你！让你赶紧回家一趟。”多日未见祖母，确实有些想念，我赶紧奔向家中，一路想着，又可以见着祖母了。

我欢喜着跳入门内，见一群人面色阴沉忧郁地围着祖母。我不明所以，只觉得气氛严肃得有些异常。从来没见过那么多人一起拥围谁，间或有人轻声细语，上下翕动的嘴唇也似挂了霜般凝重。来不及多想，我呼喊着祖母，乱入人墙的缝隙中。大人们一闪身，看见是我，慌忙向祖母道：“晓鸣回来了。”那声音里似有安慰，现在想来，还有些许突然的放松。大人们主动给我让出路，我直奔祖母：“奶奶，您的病治好了吗？还去不去医院？”祖母不言，她试图抬起耷拉在床边的手，却又仿佛耗尽了所有的力气，连举起一根手指的力气都已不足。到后来干脆不再做

任何的努力，任整个生命如一盏灯油枯尽的灯，衰竭在无穷的黑暗中。祖母望着我，用残留的精力，向我挤出了最后一笑，笑里尽是如水的慈爱。紧接着，祖母将最后的目光停留在祖父的脸上，流下一串眼泪，合上了双眼。

“你早走了十年呀！”这句从祖父的喉咙里咳出来的话，祖母再也听不到了。说罢祖父含泪离开。

“奶奶，奶奶……”我大声呼喊着即将长眠于世的祖母。

“奶奶，奶奶……”我依然呼喊着她，慈爱与怜惜已经销匿于她的脸上，只剩下永远的安息。

祖母离开时，仅57岁。她辛劳一辈子，一生养活了一女六男。无论祖父是否在家，无论生活如何艰难贫苦。她都竭尽全力地支撑着这个大家庭。她善良，热心，识大体，与左邻右舍相处甚好。

祖母在家放停到头七，然后家中安排送葬火化。那一天满街的花圈，满街的人为祖母送行。我作为祖母最疼爱的长孙为祖母打幡摔盆。

祖母走后，祖父主持了分家，叔伯各自分家单过。祖父用“辛记橡胶厂”换了两个工作指标给大娘和三婶，自此“辛记橡胶厂”就这样交了出去，不复存在。

二

父亲在青岛的橡胶厂开工后不久，在一个深夜两点来钟，酣睡中的父亲被一个熟悉的声音唤醒。半惊半疑间，父亲点灯应声。在“吱呀”的开门声中，一个似曾相识的身影差些与父亲撞个了满怀。“家里有什么吃的？我饿得快坚持不住了。”来人无心寒暄，直接进门瘫坐在椅子上。待父亲认清来人，惊喜之情未及言表，便趋进厨房。饿的滋味，父亲当然懂。很快，一碗热汤挂面，烤酥了的馒头片，还有两个煎鸡蛋端上桌。来人不容分说，端起碗哧溜哧溜吃了起来，还未被父亲仔细端详的脸埋在碗内，饕餮般享用着。父亲望着这位曾一起跟着剧团走江湖跑码头的老朋友将食物一扫而尽后整个人松懈下来的样子，会心一笑，递上一把拧干了的湿毛巾。

来人是父亲的老同事王刚。

蓦然间，父亲忆起几年前，在那个小剧场里的告别，暗下来的舞台，以及空荡荡的观众席，还有临别时的那一句“江湖再见”忽然袭上父亲心头。此刻，真的再见到昔日一起创办剧团、一起登台的旧友，愈发亲切。一幕幕往事又闪现在眼前。

那一晚，从文化宫到东镇，王刚步行了近两个小时，没有行人的大街上，只有幽暗的路灯伴着他的脚步声。此前，他创办了一个新剧团，并依然颠簸流离于各地

演出以谋生活。演出至大连时，剧团已经入不敷出，思量很久，他才决定去找父亲。在那样饥饿又而孤单的夜晚，他脑子中最大的困难不是当时个人的窘境，而是全团四十余人从大连到潍坊的路费，以及剧团今后的前途。因此寻到橡胶厂，一是动员父亲去剧团挑大梁担当重任以缓解剧团的困境，二是路费需要在最短的时间内解决，也许只有找到父亲才能渡过当下难关。

是夜，体会到了饿了吃糠甜，饱了吃蜜也不甜的王刚叔，将来意和盘托出，香香地睡下。而父亲，一整夜未眠。

一方是难舍的家业，糊口的营生，虽不顺意，却也能勉强一撑。另一方则是热爱的事业。一方是大家庭内数十口每天要吃饭的嘴巴，上有两位老人，下有正在长身体在学校里读书的孩子。另一方则是方正的舞台开开合合的幕布，以及对话剧舞台的怀念。父亲犹豫不决，辗转反侧。“堆来枕上愁何状，江海翻波浪。”那一夜漫长无际，然而父亲却没有“披衣起坐数寒星”的兴致。徘徊在岔路口的父亲，早就承受了生活重担的父亲，无法预知未来，他深知自己不是一个人，他走的每一步都牵连着家人的甘苦。

往左还是右，是继续指望着不太景气的橡胶厂，还是再踏上前途渺茫的甚至可能连路费都凑不齐的颠沛流离之路。是继续做着流水线般的体力工作，还是站在聚光灯下将一个个活生生的有趣味的人物展现给热爱剧场的观众。是在平淡的生活中了此一生，还是在幕布拉开时释放人性的光彩。

母亲听着隔壁房间王刚叔的鼾声出神，披衣下床，将桌子上添了热水的茶碗递与父亲。

“你做什么决定，我都跟着你。”早已对父亲眼里的犹豫了然于心的母亲说道。

父亲双手接过茶碗，触到了母亲粗糙了些许的手，一丝不忍漫上心头。当年富家的小姐，不惜与家庭决裂，跟着他，走南闯北，为人妻母，并没有过上几天的安稳日子。

“跟着你的心走。”母亲鼓励道，“顾忌越多，越难选择，反而迷失了大方向。”

父亲望向窗外，天边已经泛起了鱼肚白。新的一天从清晨开始，日子是无穷尽的，每个清晨都会来临，不会不来，也不会迟到。然而，在跌宕起伏的时间长河里，每个人的一生则犹如一瞬间。从古至今，概莫能外。

“往后又苦了孩子们跟我们一起游荡了。”父亲盯住母亲的双眼，说道。多年后，母亲回忆起当时的情形，对那一刻父亲眼神里的坚定仍记忆犹新。

最终，父亲决定处理掉青岛的家产与设备，重返话剧舞台。从这儿开始，北京民艺话剧团成立。父亲毅然携妻小再次踏上了漂泊不定四处巡演的艺术道路。

1954 年，母亲即将临盆，但还坚持演出，演出结束后马上被送往医院。大弟弟辛强就这样出生了。

当时我 6 岁，大妹辛玲 4 岁，小妹辛荣 2 岁，又添了大弟，母亲白天带孩子，晚上演出期间照样带孩子。大弟是在舞台侧目条和后台长大的。我和两个妹妹被送至祖父母处，由祖父母帮养。因此我的小学启蒙是在天津市和平区福安小学，入读一年级。两个妹妹则被看管在荣安大街 98 号爷爷的老式套院里。

大弟强由母亲奶养。强弟周岁以后，说话很不利索，只会说：“幕开！幕开！”即便是有人教他说：“开幕！”他脱口而出的仍然是：“幕开！”因此落下“幕开”的外号。

大弟强会走路后，在一次演出进行时，因无人看管突然蹒跚至舞台，好在观众以为是剧情需要。此事可把父亲母亲吓坏了，如果他当时站在台上不走或者睡觉，哭闹，找妈妈，该怎么办？还好，转了一圈觉得妈妈不在这里，就回后台了。

1955年的冬天，剧团巡演至兖州、藤县、枣庄和徐州。风餐露宿，已是家常便饭。行行复行行。

在兖州，冬天下大雪，住在后台的演职员们躺在冰冷的床板上，几乎无异于睡在雪地上。母亲白天和晚上演出，夜里还要照料幼小的孩子。有几次，小妹荣哭闹着叫唤冷，母亲就脱掉身上的棉袄垫在妹妹的身下，用胳膊紧紧地裹住她。望见妹妹被冻得皴裂的小脸蛋儿，母亲无奈别过脸去。屋外的雪花飘落在大地，纷纷扬扬，洁白无瑕，轻盈自在。屋内的"雪"则落在了母亲的心里，冰冷而沉重。原本稚嫩而柔弱的小生命，从一出生便随父母四处颠沛，风霜露宿。母亲侧耳聆听着孩子的鼻息，幸好在轻柔平稳的呼吸声中，母亲寻到了些许的安慰，未来还可期。母亲不禁想念起千里之外的故乡北京，待到三四月份桃红柳绿，丁香飘香时，天气暖和了，孩子们也该又长大一些了。

到枣庄演出，下了火车离枣庄还有一段很长的路。除了布景道具雇车搬运外，演职员都是各自背着行李徒步前进。王刚叔用架子车拉着他的妻子孟平和不到一岁的儿子王常州。

父亲的架子车上坐着母亲、我的小妹妹辛荣还有弟弟四强。母亲一手抱住襁褓中的四强，一手拽住荣。偶有过往的路人，不时探看着这一行人。

"他们干啥的？"有人问道。

"演戏的吧，看着不像干苦力的粗人。"另一人答道。

"那么大点的孩子，就跟着大人受罪，怪可怜的。"

"可不，这大冷天的，连口热饭都吃不上。"

"干点啥不好啊，这个地方跑两天，那个地方跑两天，也真是够苦的了。"

听见路人的议论，父亲有些不好意思地低下头，推着车，加快了速度往前赶。

是年年底，北京民艺话剧团辗转回到北京。北京市文化局对这个“不在册”、却打着“北京旗号”的“流浪团体”，还需要一个政治背景上、艺术水平上、演出质量上、行政隶属上的确认过程，并不急于“接收”。彼时，北京的文艺团体在体制上以及运作模式上均已走上正轨。话剧团体如北京人艺、中国青艺等国家级团体，基本上已参照苏联莫斯科艺术剧院的管理体制，建立了“前剧场后院部”的运作模式。而北京民艺话剧团没有固定的演出场所，没有作为一个话剧团体的大本营和根据地。他们晚间在东四剧场、朝阳区工人俱乐部等场所演出，夜间则栖息在城乡交界的大车店、小客栈，作为进城的过渡。

他们曾租住过前门外观音寺、珠宝市口的铺面房。有《夜店》《钗头凤》以及外国戏《非这样生活不可》等剧目支撑。短短一两年时间，他们很快形成了自己的观众群，有了不错的票房收入，加上以往的积蓄，买下了西单二龙路三十五号一所院落作为自己团部的办公地点。最终得到了北京市文化局的确认和接收。作为确认和接收的一个重要标志是，文化局艺术处派来了执行导演徐行白，1959 年下放到丰台区后，派来了导演舒克、政治指导员梁行玉。 接下来是转制、定级、更名。北京民艺话剧团是“集体所有制”事业单位，采取“低薪分红制”。以前，全体演职员或按天，或按周“劈戏份”。“戏份”也是从旧戏班沿用下来的，相当于农民的“工分”。演职员的基本分固定，“分值”视业务的好坏而上下浮动。好时，“日戏份”高达两元；次时，低至两三分钱；入不敷出“回戏”时，没饭吃整日躺床上“冬眠”。年终，视积累多寡“拿红包”。从此以后，北京民艺话剧团转为“全额拨款事业单位”，按文艺系列十五个档次给剧团的每个人确定级别。

民艺话剧团含有“中国民间艺术”“中国民间艺人”之意。但受“正规”和“正轨”潮流影响，“中国民间的东西”同“至尊至圣的斯坦尼斯拉夫斯基表演体系”相比，显得土里土气。1956 年 12 月的一天，在没有任何争议的情况下，北京民艺话剧团更名为北京实验话剧团。 北京实验话剧团的诞生，标志着一群民间话剧艺术工作者“流浪生涯”的结束和一个有着鲜明特色的艺术团体的诞生。

八场话剧
编剧：刘 沙
导演：谢 湃
（特邀）
设计：王正国
李 智
刘春华
作曲 卢 怡
神秘的古城
郑州市话剧团演出
1980.8.于北京
北京民藝話劇團演出
日出
（四幕話劇）
原作 改編：曹 禺
導演：張雪峰
夜
安達市話劇团演出

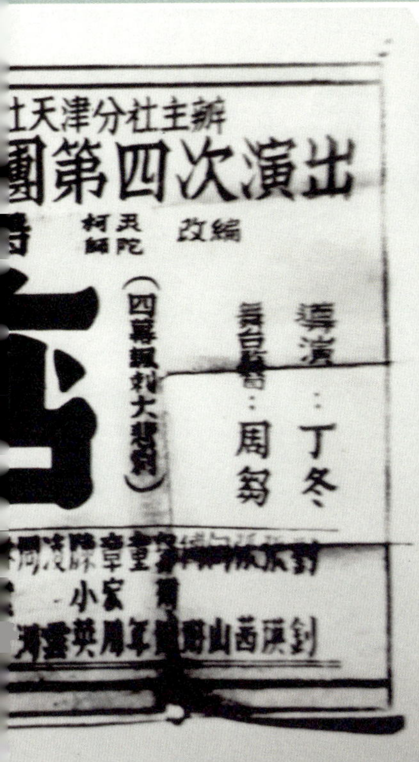

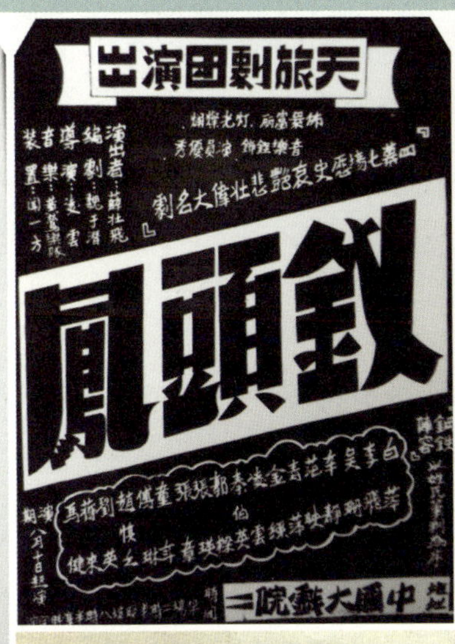

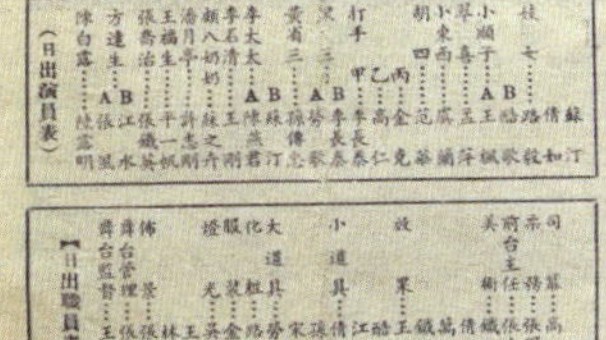

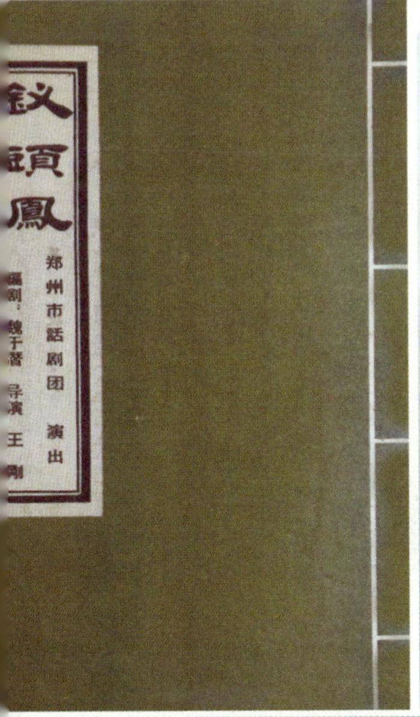

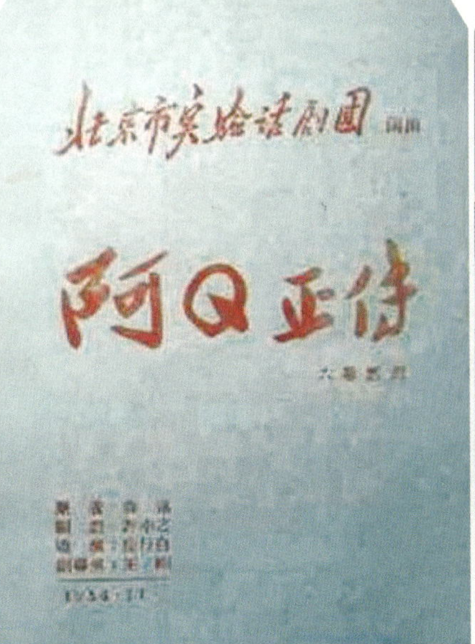

这是目前我能找到的，曾在北京民艺话剧团、北京实验话剧团、安达话剧团、郑州市话剧团中存留的几份节目单

1957年夏颐和园，北京实验话剧团团员、家属及孩子的游园活动留影

剧团有个好传统，每年会组织跟随父母生活在剧团里的孩子们去集体郊游，最高处是我

三

“秋天的傍晚。大地是沉郁的，生命藏在里面。泥土散着香，禾根在土里暗暗滋长。巨树在黄昏里伸出乱发似的枝芽，秋蝉在上面有声无力地振动着翅翼。巨树有庞大的躯干，爬满年老而龟裂的木纹，矗立在莽莽苍苍的原野中，它象征着严肃、险恶、反抗与幽郁，仿佛是那被禁锢的普饶密休士，羁绊在石岩上。他背后有一片野塘，淤积油绿的雨水，偶尔塘畔欵落欵落地跳来几只青蛙，相率扑通跳进水去，冒了几个气泡；一会儿，寂静的暮色里不知从什么地方传来一阵断续的蛙声，也很寂寞的样子。巨树前，横着垫高了的路基，铺着由辽远不知名的地方引来的两根铁轨。铁轨铸得像乌金，黑黑的两条，在暮霭里闪着亮，一声不响，直伸到天际。”

“仇虎一手叉腰，背倚巨树望着天际的颜色，喘着气，一哼也不哼。青蛙忽而在塘边叫起来。他拾起一块石头向野塘掷去，很清脆地落在水里，立时蛙也吓得不响。他安了心，蹲下去坐，然而树上的“知了”又聒噪地闹起。他仰起头，厌恶地望了望，立起身，正要又取一个石块朝上——遥远处一声汽笛，他回转头，听

见远处火车疾驰过去，愈行愈远，夹连几声隐微的汽笛。他扔下石块，嘘出一口气，把宽大无比的皮带紧了紧，一只脚在那满沾污泥的黑腿上擦弄，脚踝上的铁镣恫吓地响起来。他陡然又记起脚上的累赘。举起身旁一块大石在铁镣上用力擂击。巨石的重量不断地落在手上，捣了腿骨，血殷殷的，他蹙着黑眉，牙根咬紧，一次一次捶击，喘着，低低地咒着。前额上渗出汗珠，流血的手擦过去。他狂喊一声，把巨石掷进塘里，喉咙哽噎像塞住铅块，失望的黑脸仰朝天，两只粗大的手掌死命乱绞，想挣断足踝上的桎梏。”

“他蓦然跳起来，整个转过身来，面向观众，屏住气息瞩望。——这是一种奇异的感觉，人会惊怪造物者怎么会想出这样一个丑陋的人形：头发像乱麻，硕大无比的怪脸，眉毛垂下来，眼烧着仇恨的火。右腿打成瘸肢，背凸起仿佛藏着一个小包袱。筋肉暴突，腿是两根铁柱。身上一件密结纽袢的蓝布褂，被有刺的铁丝戳些个窟窿，破烂处露出毛茸茸的前胸。下面围着“腰里硬”——一种既宽且大的黑皮带，前面有一块瓦大的钢带扣，贼亮贼亮的。他眼里闪出凶狠，狡恶，机诈与嫉恨，是个刚从地狱里逃出来的人。”

——节选自曹禺先生话剧《原野》

1957 年，天津新华戏院，由苏民导演，北京实验话剧团演出的话剧《原野》正在上演。父亲饰演仇虎。

“我回来了，我回来了！” 戏剧在仇虎声震天地的高唱中开始。在旷野中，他拖着镣铐，双眼喷射出仇恨之火。

他突然抓住白傻子的胳膊，问道：“那焦老头子呢？”

“什么？”他立起，惊愕到说不出话来。继而阴郁的表情占满了他的脸，“阎王也有一天进了棺材了。”

在焦大星的家里，他满腔积恨地凝视着焦阎王的半身像，阴沉沉地从牙缝里挤出：“十年哪！仇虎等得眼睛都哭出血来，就等的是今天。”

他冲焦母狞笑道：“我是仇虎，跟干妈请安来了。”接着又狠毒地说，“八年的工夫，我仇虎没有一天忘记您。”

“光着脚不怕穿鞋的汉，我虎子是从死口逃出来的，并没打算活着回去。”

在原野的铁道旁，远处忽有枪一响，流弹由空气穿过，呜呜地。枪声再发，流弹飞过，仇虎驼着背，满脸汗，仿佛肩着千斤的重量。此时的他更像个野人。他摇摇头：“不，不走了，多走两步也是一样的。”“我逃够了。”他忽然说道。

待金子离开，他忽然回头望着她的背影，看她平安跑走。四下的枪声更密更近，他忽然把铁镣举到眼前，狞笑，而后快意地，沉重倒地。

1957年，话剧《原野》在中国的舞台上第一次公演，尽管这个话剧的演出难度非常大但是北京实验话剧团的演出轰动了整个话剧界。话剧由苏民导演，父亲饰演仇虎，陆丽珠饰演金子。演出非常成功，票房收入也很高

四

北京实验话剧团在体制转变以后的四年时间里，新排了《西望长安》《突破》《刘介梅》《敢想敢做的人》《右派百丑图》《红大院》《阿Q正传》《秋海棠》《原野》《井冈山人》《月亮谷的秘密》《东进序曲》等，复排了《雷雨》《日出》《清宫外史》等，并首次上演了自己创作的十一场话剧《我的一家》。

有可靠的材料证明，北京实验话剧团当时的人均创收水平和积累资金在市属文化艺术团体中首屈一指。20世纪50年代末，60年代初，正是中国话剧和电影艺术的上升期，而戏曲艺术出现“下滑”端倪。某京剧团时常开支困难，多次跑到实验话剧团来搞“平调”。

北京实验话剧团最突出的就是民营特色，“不正规，不正轨”。用现在的话来说，完全是按市场经济办事，是当之无愧的“小快灵”：当时全团只有三十八人，大概还不及正规艺术剧院编制的三分之一，且没有不上戏的专职职员。他们心齐动作快，为配合中心工作和政治任务，仅用七天就抢排了新戏《我的一家》。尤其“大跃进”年代，他们发扬连续作战作风，演员不卸妆，行车途中就餐，奔赴厂矿工地，深入企业、农村、军营，创造了一天连演四场戏的纪录。直到改革开放初期，还有人在报刊上推介北京实验话剧团“高产、高效、低成本”的好经验。事实证明，这个团体已突破艰难险阻，踏上光明坦途。

1956 年，对实验话剧团来讲，是极不平凡的一年，《西望长安》在天津的演出奠定了实验话剧团的社会地位，文化主管部门认定实验话剧团是一个很有实力的演出团体。为此，北京文化局将前门珠市口的民主剧场（原开明戏院）辟为剧团的演出阵地。《西望长安》在民主剧场一炮打响，不仅上座率很高，而且各个阶层的观众反响都很好。

此时正值鲁迅先生逝世 20 周年之际，毛主席指示要把鲁迅的作品用戏剧形式在首都再现出来。

彭真市长把这一任务交给了北京人艺，当时鲁迅的《阿 Q 正传》有两个话剧剧本：一个是田汉先生的，一个是许幸之先生的。一般认为田汉的剧本文学性较强，但戏剧性较差；而许幸之的剧本文学性稍差，但戏剧性较强。到底采用哪个剧本，北京人艺一直到接近纪念日仍未决定。

因时间紧迫，文化局把这一艰巨的任务又交给了实验话剧团。当时剧团上下都十分兴奋，认为这是党交给大家的光荣任务。尽管时间只有半个月，但大家仍信心十足。而对接到这一任务的父亲而言，眉间难掩雀跃，既兴奋又紧张。仿佛一位勤勤恳恳半生的农人，得到了新的土地，可以自由播撒作物种子，待来日收获丰盛的果实。又仿佛一位恪尽职守常年驻守边疆的士兵，终于得到一次被人民检阅的机会，整装出发，期待来日荣归故里。这是北京实验话剧团全团的荣光。在父亲的更深层的思考里，这是一次千载难逢的机会，是话剧团翻身立命的机遇，不可错失，不可掉以轻心，不能粗制滥造，要用心排戏、演戏，只许成功，不许失败。每一场演出都要认真对待，对得起鲁迅先生，对得起上级领导的信任，对得起观众，还要对得起艰难创业的自己。而这也是北京实验话剧团能否在京城这块土地站住脚的一次考验。在徐行白辅导员的帮助下，全团上下齐心协力，按上级

要求按时完成了任务。《阿 Q 正传》于深秋在首都话剧舞台上演。

这是一次具有伟大意义的演出，不仅上座率高，而且轰动了首都文艺界。这个原先不被首都话剧界认可的民间职业剧团，一时间成为文艺界谈论的焦点。各个话剧院团都来交流学习，而且评价很高。

中央领导人除了毛泽东、刘少奇没来剧场，其他人几乎都观看了《阿 Q 正传》的演出。据舞台主任记载，周恩来、朱德、陈毅、彭德怀等分别来看过，而且彭德怀还带领各个友好国家大使馆的武官专程来看过。实验话剧团可谓是一鸣惊人。

首都戏剧界的诸位大师、名人，都为实验话剧团在所谓的前门外（相传，这不是演话剧的地方，新中国成立前住在北京内城的大家族的大姑娘小媳妇都不到前门外来，这是个下九流的地方）演话剧，令北京的各阶层的观众感到不可思议。为此，以曹禺为首的一些专家名人化了妆以普通观众的身份到民主剧场看剧团的演出，颇有点微服私访的意思。在他们的思想里认为实验话剧团这些从旧社会过来的行伍出身的话剧演员，一定是在演一些低级庸俗的剧目来迎合一些小市民，在卖噱头。看了剧团的演出之后，他们惊讶了，完全出乎想象。

在《阿 Q 正传》演出时，需要一位小演员饰演小 D。我当时有幸被选中。那年我 8 岁，上小学二年级。在实验话剧团后来的演出中，我多次出场并与阿 Q 有对话，与孔乙己也有对话。后来大人们说我表演得自然流畅。我每天下午放学后赶往剧场。记得有一次，等待期间，我在边幕条边睡着了。醒来后冲往卫生间，再跑回舞台时大幕已开启，提着裤子就上台演戏，扮孔乙己的演员临场加了句台词，道：“孩子，把裤子提好了再说话。”此情此景虽然过去多年，却是让我难以忘怀的，想起来也不免放声一笑。

1957年，北京实验话剧团在北京民主剧场演出话剧《阿Q正传》，连续演出200多场，可见其受欢迎的程度。我在其中饰演“小D”，这是妹妹们放学后来剧场探班的照片

《阿Q正传》中，父亲饰演假洋鬼子的剧照

左上：《东进序曲》剧照

左下一：话剧《南方来信》剧照

左下二：话剧《夜店》中，父亲饰演独眼龙闻太师

左下三：话剧《青松岭》中，父亲饰演张万山

左下四：话剧《雷雨》中，父亲饰演周朴园

上左一：话剧《把心交给党》剧照，我的父母在剧中饰演一对老知识分子夫妇

上右：《把心交给党》保留下来的剧照，真实地记录了父亲沉浸在角色中的一刻

下左：电影《阮文追》剧照

下右：话剧《西望长安》剧照

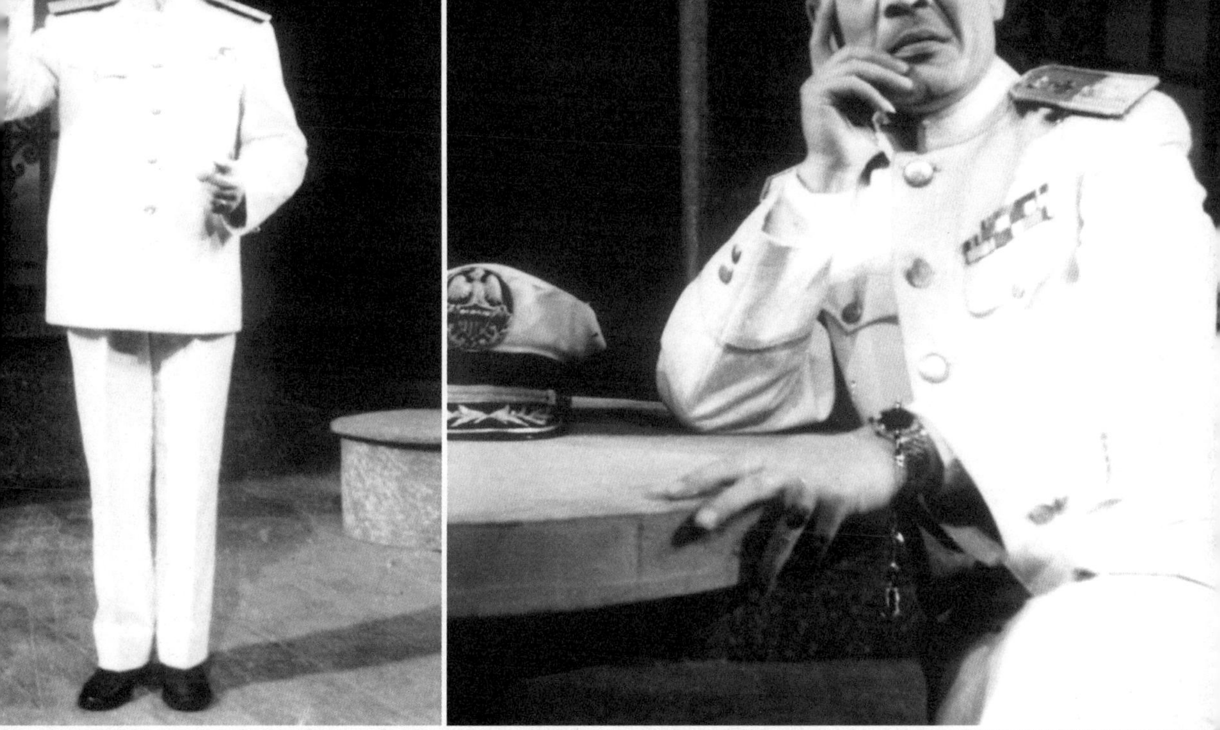

▲ 父亲在《针锋相对》中扮演克莱特将军

20 世纪 60 年代到 70 年代的世界政治形势下，为支持亚非拉人民而赶排的话剧《赤道战鼓》连续演出上百场。演员们全身涂满油彩，造型生动，在演出中还根据亚非拉人民的特点加入欢歌热舞，每场戏下来演员们都全身透湿，冬天也是如此。父亲饰演民族运动英雄姆旺卡，母亲也担纲重要角色。此剧演出异常轰动，同行争相观看，观众给予长时间的掌声

由于《阿Q正传》的演出成功，剧团应邀参加五一劳动节游行！1957年五一劳动节，天安门的游行队伍中，在最惹人注目的文艺大军中，《阿Q正传》的彩车排在所有文艺界彩车的最前面，在天安门广场接受了毛泽东主席陪同苏联领导人赫鲁晓夫的检阅。这当然是剧团沾了鲁迅先生的光，也说明剧团的演出得到了国家领导人的认同。为此，北京实验话剧团在首都话剧舞台上的地位也大大提升了。当然上彩车只有大人们的份，我只能在马路边上看。

一部话剧演了200多场实属难得！当时我每天除了上学就是泡剧场。对于我未来的专业表演来说，这是很好的启蒙。我已经将自己看作实验话剧团的一员了。

同样是在1957年，剧团在民主剧场演出《日出》。不知为何北京人艺带着《日出》的剧本离开了首都剧场，而到前门外离民主剧场不超过100米的广和剧场演出。显而易见，戏外的一场对台戏即将上演。然而，北京实验话剧团并没有退却，一切按计划照常演出，上座率仍保持在百分之九十以上，而广和剧场的上座率却很一般。事实证明，北京实验话剧团在民主剧场的观众基础日益稳固。

北京实验话剧团的演出除了永远保持从民艺一直延续下来的行当齐全，每个角色都有闪光点特色之外，在戏剧的表现上也是节奏鲜明，人物个性突出，戏给得足，因此剧场内观众反应强烈也是在情理之中。

为了不断提高演出质量，每场演出结束后，剧团都安排一些当天没有戏的，或是先卸下妆的演员随着散场的观众登上公共汽车，或有轨电车。这个时候刚刚看完演出，处于一种兴奋之中的观众，成群结队，愿意在车上发表观后感。有的夸奖某个演员，有的对某个演员或者某段表演提出批评，甚至会骂街。剧团把这种真实的声音称为"上帝的声音"。这种声音在座谈会上是无法听到的，十分珍贵。剧团转天把这些意见归纳整理之后，在开演前由导演传达给大家。当然，有些来自观众的很尖锐的批评意见，考虑到演员的自尊心及其他因素，会以另外一种方式单独讨论。

在这时，北京实验话剧团的迅速崛起引起了同行的密切关注，尤为突出的就是北京人艺。这个拥有闻名全国的"四大导演"和众多一流演员的表演团体，竟暗中不动声色地"观摩"了北京实验话剧团五六个剧目。

也是 1957 年，曹禺派北京人艺的办公室主任刘敬毅到民主剧场来找父亲和王刚叔。当时正在演出，前台主任赵庆华接待了他。他来是约父亲等人到人艺开座谈会。赵庆华到后台通告，并询问该作何回应。由于演出正在紧张进行中，无暇顾及演出之外的事情，父亲当时只道："告诉他，没时间，以后再说吧。"话落便匆匆上场。

刘敬毅没有完成任务。又过了些时日，曹禺问起此事，刘如实做了汇报。曹禺批评刘办事不力，要刘写公函专门去请。后来刘敬毅二登北京实验话剧团，明确表明来意并恳请回复。剧团当即定下会议的时间和地点。

会议那天，北京人艺特意派了一辆大轿车来接北京实验剧团的演职人员。在那个

年代，单位有辆大轿车是很了不起的，何况又是人艺那样殿堂级的单位亲自迎接，赴会的实验话剧团演职人员一路上的兴奋难以言表。快到首都剧场时，远远看见剧团的大门前挂着醒目的横幅“向北京实验话剧团拜师大会”。难掩激动之情的父亲已经坐立不安，迫不及待地站在车门前，等待车一停稳，立刻踏出车门。人艺的演职员在剧场门前列队欢迎实验话剧团的参会人员。

用受宠若惊来形容当时北京实验话剧团的演职人员们一点都不为过。作为一个小小的民间职业剧团受到如此礼遇，当时的心情确实无法形容，因为人艺除了有一大批德艺双馨的好演员外，更有诸多专家学者前辈，都是十分令人崇敬的人。人艺一直是各个剧团学习和向往的艺术殿堂。

父亲自知实验话剧团虽然在演出上有一定优势，但是，人艺不是专家，就是学者，其表演方法都是在专业学院学习的，其中的很多人还是苏联专家的学生。

实验话剧团有接受批评和指导的思想准备。然而，恰恰相反，会上所有专家，如曹禺、焦菊隐、欧阳山尊、赵起杨等对于实验话剧团的表演都给予了很高的评价，并一再强调，要人艺的演员认真地向他们学习。父亲听得出来，那不是一般座谈会上的客套话，而是一种真诚的赞扬。特别是曹禺讲的一段话使他弄清楚北京实验话剧团的特点所在，他说：“走进首都剧场看话剧的观众大部分是戴眼镜、配国徽的和穿干部服的，然而走进民主剧场看话剧的观众就完全不同了，不仅有戴眼镜、配国徽的和穿干部服的，还有大量的穿工作服的、头上罩着白毛巾的。这不正是毛主席所说的，我们的文艺是为工农兵服务的吗？实验话剧团做到了这一点，是我们国家所有话剧院团应该学习的。”

面对如此令人讶异的评价，父亲不由得敞开心扉：“我们都是非专业出身，没有经过正规的表演学习和训练。”

曹禺说：“你们虽然没有上过戏剧学院，可是你们上的是高尔基的社会大学。你们在社会上找到了真正的创作源泉。”

除此之外，在这次会议上还达成了北京人艺与实验话剧团的协作（合作）关系，全年剧目统一安排人员，物资可以互相调配和使用。有了这个协定，实验话剧团对做好各项工作更加充满了信心。

此后，在北京实验话剧团的演出“海报”上、节目单上经常能看到“导演，焦菊隐”“导演，梅阡”“设计，韩西宇、王文冲”等字样，演员和对口单位之间的交往也越来越频繁。同行的认可与协作，不仅提高了实验话剧团的艺术质量，也扩大了其知名度。

1957 年，重排《清宫外史》，北京实验话剧团冒了很大的风险。当时有传说中央领导人中，有人说该剧的主题是卖国主义的，也有人说是爱国主义的。实验剧团同仁则认为它的艺术性很高，并且意识到观众喜欢看到剧中以光绪帝为首的主战派主流是爱国的，因此坚持重排。这次重排的演员阵容、舞美设计都比 1949 年民艺的演出时大大地提高了。

此剧在北京、天津的演出受到了广大观众的热烈欢迎，甚至一度出现一票难求的情况。在天津新华戏院，每天早晚两场仍不能满足观众需求。每天晚上剧终，观众出场时，剧场门外等着购买第二天戏票的观众已经在排队了。这种情形在当时是很少见的。

记忆中有些很有趣的事：当时天津的主要交通工具是有轨电车；新华戏院地处东马路东南角和东门之间；每天中午 12 点到 2 点、下午 6 点到 7 点时电车的售票员在报站时，一般不再报“东南角或东门脸到了”，而是改报“看话剧的到站了”。实验话剧团在天津的观众基础可见一斑。

《西望长安》和《清宫外史》的演出奠定了实验话剧团在天津深厚的观众基础。

以后的数年，每年数次，每次 25 天，剧团基本上都是在天津每天演出两场，而且场场爆满。为此，天津成了实验话剧团在北京之外的又一演出基地。

《清宫外史》的演员阵容是：慈禧太后由我母亲付琳和李明阿姨分别扮演其不同时期。光绪皇帝由王刚扮演。李莲英由王犇扮演，珍妃由孟萍扮演。翁同龢由辛静扮演，李鸿章由许志刚扮演，寇连才由冯家华扮演。李妲由红樱扮演，恭亲王由张坤扮演。瑾妃由王文菊扮演。

根据全国各省市剧团的演出规划（规划会每年召开一次），北京实验话剧团 1957 年夏天按计划到西安演出，回程的路上还有河南的洛阳和郑州，因为“反右”派斗争在全国展开，只在西安和郑州两个省会城市演出，之后就返回北京参加“反右”运动了。

在西安的演出期间，实验话剧团又和宝鸡话剧团展开了对台戏。实验话剧团在五四剧场，宝鸡话剧团在人民剧院。也许是远来的和尚会念经，从上座率和观众反应来看，实验话剧团都占了绝对上风。宝鸡话剧团的实力也是很强的。它的前身是 20 世纪三四十年代由我国电影界三大笑星之一的韩连根先生领导的新式话剧团。新式话剧团在 1956 年改制为宝鸡话剧团，是新中国成立后和北京民艺（实验）剧团一样的长期活跃在全国各地演出的民间职业话剧团。

西安演出结束后，剧团直奔郑州百花影剧院（后改称东方红剧场）演出《清宫外史》。演出十天，上座率颇高。剧团回京后，赶排了话剧《百丑图》，在天津、北京演出，上座率极好，每天演出三场仍不能满足观众的要求。该剧采用讽刺喜剧形式来演出，剧场效果非常强烈。在天津新华戏院演出时因为广大观众一边鼓掌一边大笑一边不停地用脚踩地板，所以每天夜里新华戏院都要雇木工修理楼上的地板。观众很兴奋，演员也兴奋，现在回首当年的情况仍记忆犹新！

演员们每天演出几场戏，连续作战而不得休息，喉咙哑了病了也不愿意耽误晚上的演出，因为所有演员没有替换。就连我一个九岁的孩子也要帮助在剧院门口卖说明书，帮助厨房王师傅打下手做饭。演员们忙碌而辛苦，无心吃饭。后厨王师傅双手捧着碗，往返于后台与后厨之间，将盛好的饭送到每位演员的化妆台前。这一餐饭，演员们有时候能在演出间隙，扒拉两口，有时候吃不下去，一动未动。最后王师傅就挨个求大伙："你吃一口吧，你吃一口吧。"王师傅对父亲尤其照顾。他时不时地跑到父亲跟前央求道："老辛，你吃一口吧，我特别做的，你爱吃的。"尽管每天饭菜都不重样地端出来，即便是鲜美多汁的平日里少见的红烧对虾段也拦不下父亲匆忙的脚步。

在年幼的我的印象中，剧团的大人们似乎是不要命地夜以继日，全力以赴，只有观众进出场的间隙是他们的休息时间，就像电影院里放电影那样。在那个时期的所见所闻所感，奠定了我内心的志愿以及对未来的坚定向往。

再说剧团送戏上门，到大专院校和远郊大单位演出时都非常受欢迎，因为接待实验话剧团事宜一切避繁就简，当天只要派一二辆卡车和一辆大轿车就可以把演职员和布景道具都运走了，当天装台，当晚演出，演出结束拆台后，立刻将演职人员送走，一切干脆利索。如果接待其他话剧院团，情形则大不相同，据传是"卡车十辆迎来送往，装台三天，只演一场"，往往如是。实验话剧团的不同之处在于全体人员既是职员又是演员，接待方便，工作效率奇高，因此京郊的各大单位逐渐织就了实验话剧团的基础观众网。在民主剧场演出，票价是六角钱，上满座。和剧场分账后剧团能分到四百多元钱，剧团送戏上门，是每场五百元，而且按时纳税。

实验话剧团团队，人员少，出戏快，质量高，最根本的原因是剧团里每个人除了自己专职的角色外，还兼做其他工作，正所谓一专多能。某人专职为主要演员，假如他在这出戏中没有演出任务，他就要担纲专业舞美工作或其他的后勤工作。而专职的舞美工作人员或行政后勤人员，根据演出需要，也能出色地演一些群众角色。毋庸置疑，这是一个的集体战斗。因此在各个不同时期，每个演职员的位

置都能被缜密科学地统筹安排，充分做到人尽其才，物尽其用。

小学期间的我，参与了《阿Q正传》以及《我的一家》两部话剧的演出，每部戏都是积累。随着几百场演出，我的心一日日地散乱开去，学校里的文化课渐渐无暇顾及，在学校时间也乐此不疲地参加学校演出队。

大妹妹辛玲加入少年先锋队那天，我在首都电影院的舞台上向师生们表演话剧《我的一家》片段。因雨天来接我们回家的祖父恰巧赶上我在台上表演。“生命诚可贵，爱情价更高，若为自由故，两者皆可抛。”祖父望向正情绪激昂地诵读出这首短诗的我时，瞬间惊呆。而台下目不转睛地师生在演出结束时，对我报以热烈而响亮的掌声。一股暖流袭上祖父心头，双眼泛着泪光的他，在散会后不停地向师生们炫耀道：“在台上演出的是我的孙子，我的大孙子！”

回到家后，祖父一见到我的父母，不禁手舞足蹈，夸赞一番：“晓明在台上一站，那声音，那动作，那表情跟专业的一样，比你们团演欧阳立安的强多了！我就说这大孙子错不了！早晚得出大名！他穿的那件带血的衣服是我用旧衣服亲自缝的，血是红墨水，手铐、脚镣是用绳子结的，染上黑墨水，光墨水就用了两三瓶哇！”看着祖父笑不拢嘴的样子，奔忙一天的父母，有感于祖父沉浸其中的天伦之乐，似乎也抖落掉一身的疲惫。

这是我第一次上台演出，也是第一次将自己知道的介绍并辅导给我的同学们。演出的成功，也算作是我表演启蒙后的第一张答卷。虽然在今天的我看来，我当时的表演很幼稚，但它却给我以自信，给我今后的专业表演铺上了第一块砖石。

《清宫外史》剧照

《清宫外史》剧照，父亲饰演翁同龢，母亲饰演慈禧太后

由北京实验话剧团原创演出的《我的一家》，颇受业界和观众好评。父亲为这部戏倾尽心力，他不但采访人物原型还担任编剧和导演，并且在剧中饰演欧阳梅生一角。母亲饰演陶承母亲，参加演出的还有杨中一和孟萍等

六

西单的国泰照相馆前，大妹辛玲牵着小妹辛荣，一高一矮，像两棵相互依偎的树苗，立在橱窗外。“不知道爸妈现在去哪个地方了。”荣盯着橱窗上的一幅照片，自言自语道，“他们不会忘记咱们了吧。”玲松开了拉着荣的小手，手指摩挲着橱窗玻璃，嘴角勾起浅笑。“哟，你们俩又来这里看爸爸妈妈了。”此时，从照相馆里走出一人，向她们招呼道。玲和荣同时侧脸望去，害羞地点点头。这是1958年，话剧《我的一家》上演期间，两个妹妹终生难忘的一个情形。话剧团经常出去巡演，父亲和母亲跟团一走便是多日，孩子们想念父母却不得见。当时的国泰照相馆摆有父亲母亲的橱窗照，上小学二年级的大妹便经常带着还未入学的小妹到那里去，看一会儿他们的照片，才肯回家去。

后来话剧团在西单剧场演出，当时我们家住在小石虎胡同，离西单剧场已经很近了。两个妹妹有时候晚上偷偷到剧场去看父母的演出，只是看一会儿，趁父母散戏前便赶回家。不叫父母发现而担心。

人生似一条奔腾不息的长河，不知不觉间，流淌在时光里的笔尖正走向那些让我不忍触及的段落。

年岁大了，常常会不由自主地回忆起往事，跟身边的人讲一讲我经历过的那些年。有一次，跟大妹妹辛玲聊天的时候，我问她：“你说，我能不能跳过那一段？”大妹妹无语，起身为我续上一壶茶，复又坐下。她指着院子里的木瓜树，说：“你看，这树上结的一个个木瓜，哪一个不是由小长到大。”我弹了弹烟灰，将案上的纸笔往边上挪了挪。脚边的小狗来福，冲着鱼池里的小鱼汪汪叫。

“你再看这池里的小鱼儿们，它们欢快地游着，寻觅着食物。可它们中的哪一个不是由小长到大呢？谁能跳过它的每一刻每一天呢？”妹妹望向被我挪开的纸笔。

“那一年，要是咱爸咱妈真留在北京了，咱们兄妹的命运也许就跟现在不一样了。”掐灭了烟头，我抚摸着小狗的脑袋，它很听话地眯起眼，不再叫唤。

“中央号召支援大庆油田建设，总理的一句话，是让新翠霞带着评剧团去的。到了他们该出发的日子，突然听说他们不去了，至今不明就里。评剧团不去了，那要怎么办呢。后来就临时改为让话剧团去了。”妹妹娓娓道来。

“当时北京只有三个话剧团，北京人艺，中国青年艺术剧院，北京实验话剧团。这三个话剧团各有特色，演出上也是各有特点。北京人艺基本上演老舍先生的那些改编作品，比如《茶馆》《龙须沟》。青艺演的一些戏，也属于大洋古，有一些洋戏。唯独咱们的北京实验话剧团演的戏，是古今中外。本应该选择人艺或者青艺去东北。但是因为各种原因，比如人员太多，家属太多，拖家带口不方便成行等。最后只好来动员编制小，负担相对也小，排戏快的实验话剧团。在这期间，人艺和青艺有很多同仁，建议干脆解散北京实验话剧团，也不要去东北。当时的人艺希望咱爸咱妈，王刚叔和他的妻子孟平能够留在人艺。你想啊，那可是北京人艺。对于早已有心进入话剧艺术殿堂的咱爸咱妈来说，确是求之不得的。很快，

剧团内宣布咱爸咱妈以及王刚孟平留在北京，不随团去东北。人艺也在内部通知了这一消息。”

“要是咱爸他们一走，北京实验话剧团恐怕早就不解自散了。台柱子没了，这舞台还怎么撑得起来呢？”我点燃了一支香烟，接声道。

“后来，我听咱爸说，实验话剧团也是精心苦熬了很多年，才能够在话剧的舞台上取得当年那些成绩。老同事们一块儿走过了那么多年，一路风尘，同甘共苦，哪能说分就分？也确实是难舍难分。最后一是看在十几年的情分上，二是不忍心砸了老哥们儿的饭碗。咱爸他们没有去人艺报道，毅然决然地跟着老伙计们一起熬，熬苦日子。”

“咱爸那一辈人真是讲义气，讲感情。不肯为了自己的前途丢下大家。”我熄灭了烟，复又提起笔来。当年北京走了好几个剧团：李万春去了西藏，吴素秋去了沈阳，尚小云去了长春，我们实验话剧团去了安达支援边疆建设。

1960 年，黑龙江省哈尔滨市青年宫，话剧《胆剑篇》 正在上演。

越王勾践，崖前持剑视胆，朗声道：

胆，你是多么苦啊。但是你能教人胆壮，叫人勇敢，敢于面对一切残暴和不平。

胆哪，你不巧言令色，你外面那样的不动人，你心中却藏了这么多的治国治人的道理。

我要天天尝它，夜夜尝它，日夜不离它。见了胆，就如同苦成在我的身边。见了胆，就如同见到多少被杀戮的黎民百姓。

见了胆，就会想起“千古的胜负在于理”，而这里要多少劳心苦行才能争取到啊。

越王勾践将胆接在手里，向再次从空中传来的响亮声音回答道：

卧薪尝胆，自强不息，勾践永远不会忘记。

幕落，灯暗。

时隔半个多世纪，勾践胆颂的诵白依然声声入耳，余韵悠长。

“光追着人走，你得爬到灯光楼上。”

“记住了，要跟着勾践走。”

“留神盯住了，可不能出差错。”

我一边默念这几句叮嘱，一边望向舞台上的父亲，跟着他定好的点变换灯光的位置。幕起幕落间，灯明灯灭，人来人散。打在越王勾践身上的大光圈，则像是一盏长明灯，点亮了追光少年对《胆颂》经年不息的热爱。

在《胆剑篇》中，父亲饰演越王勾践

七

“小子，接着！”还不及我放下手上的东西，后厨王师傅便伸手递过一个馒头来。刚出笼的馒头握在手上，烫得人龇牙乱叫也不肯撒手，馒头被我在两手上掂来掂去，粮食特有的香味裹在袅袅升腾的热气中，随之往上，迅速走过下巴，走过嘴唇，直至鼻尖，才悄然缓步，美妙得让人恍入梦乡。忽然间，脑门上挨了一记轻拍。待我抬眼望去，王师傅冲我狡黠一笑，转身回了灶台。我飞快地将馒头送进嘴里，第一口下去，丝丝香甜如往常般在齿间回荡。第二口下去，我觉得面里似乎夹裹了别样的香，在舌尖盘旋之际，仿佛有几缕滑腻顺着牙缝往上钻。第三口下去，滑腻感则占了上风，它挟卷着那股奇香在口中东撞西撞，猛猛烈烈，令少年嘴角生花。

那是灾荒年代的肉香。

1960年11月25日，轰隆隆北上的列车，载着北京实验话剧团全部家当，行驶在广袤冰封的大地上，开往大庆，一天一夜。一眼望去，满目“地卑荒野大”，车窗外见不到一丝生命的气息。偶然间跃入眼帘的村野茅屋，仿佛被遗弃于天地间的一场梦魇，在火车的轰隆声中惊吓，枯萎。跟随火车行进的，除了支援东北、扎根异乡的崇高热情，还有未卜的前景。

一个老人突然被渐聚的人群围住，焦急，慌忙地一双双眼睛紧紧地盯着老人不能动弹的手，却无法上前施助。大人们无奈地观望着，在车厢里嬉闹着的孩子们则不知所以地安静下来。老人无暇旁顾，蹙紧眉头不说话，正试图一点点地将手指上的肌肤与冻铁上的冰分离。被汗水濡湿的额头，紧咬的牙关，难启的双唇，撕扯的皮肉，拉开了此次东北行的序幕。这位曾为冯玉祥将军麾下文教副官的老人，终于在一撕一扯间，将手上那一层薄薄的带血的外衣留在了那块冻铁之上，紧附着白闪闪的冰。那染了血的冰刺得人眼生疼。

老人是跟随我的父亲母亲踏上东北土地的，我的祖父。同行的还有我和两个妹妹。

自此，北京实验话剧团全团六七十人，携家带口，下了火车，浩浩荡荡开入安达市。放眼望去，一间间低矮的房屋杵在路边，土路延绵无尽，竟不见一条水泥路的痕迹。堆在路边人家房前的枯黄的草垛子，看上去倒像是被遗弃的丧家犬，可怜巴巴地躺在地上，了无生趣。与之相协调的街道上几乎没有行人的踪影，呼呼的北风肆意地呼啸，奏响天地间一曲冬日乐章。如果说大自然有无尽的乐章，那么它大概是最令人不舒服的一篇。被这北风刮得手脸生疼的小孩子们被吓得哭了起来，家长们紧紧护住孩子们的小脸小手，那哭声才肯歇一歇。

甫进驻地，映入眼帘的是一个大院子，周边一圈房屋，围着中间空出来的大场地，像极了传统的大车店。就还差一个备好饲料的马槽子了。院内一口低矮的井，在冬日里，如陈年雕像般立在那里纹丝不动，像是荒废多年，没人知道得使上多大的劲才能将水一压而出。

几个内急的学员孩子们，结伴如厕而归后，望着一众大人，不吭声只瘪嘴儿。父亲瞧见那一张张半委屈半无奈的脸，低声问道：“怎么啦？”

“辛老师，真吓人，这儿的厕所就是个露天的茅坑，上面架着两块板。脚底下一滑，我差点掉下去了。”立在一旁负责接待的安达市委领导，循声走来。父亲只道：“孩子们没出过门，想家了。”

当时的安达市，除了一个二层楼的百货公司，无一处像样的房子。见识到了那样荒凉的街道和露天的茅坑之后，大家在心理上也就不难接受眼前的一切了。尽管面面相觑，众人也只好卸下家当，先寻一处能够躲得过大风的落脚之地，安家落户。一些人家被安置在平房，另一些则被安置在地窨子。所谓地窨子，就是在地底下深挖建造的类似窑洞一般的地窖，一半在地上，一半在地下，冬暖夏凉。

到安达的头三天，市领导大开接风宴席。大盘端上桌的牛肉鱼肉，应有尽有的面包牛奶，不间断地摆上的馒头糖三角，管饱管够的粥汤，甚是鼓舞人心。一块块红艳的牛肉夹着又白又大的馒头，就着热汤，一口下去，暖上心头。孩子们用手指擦去顺着嘴角流出的糖汁，伸出舌头轻轻一唆，真是香甜啊。食堂里呈现一派欢聚一堂热火朝天的景象。在那个物质极度匮乏的灾荒年代，这丝毫不亚于当今的超级年度盛宴。大家就那样欢欢腾腾做了三天忘记一切忧愁的饱汉子。

然而，曲有终，宴有散。人们总是更习惯于过着好的生活，而轻易丢掉不好的记忆。谁也不曾想到，一夜之间，竟是天上地下。第四天一早，众人，尤其是孩子们再次欢欣雀跃地赶往食堂时，昨日情景竟不复现，只剩下灭了的灶，冷了的锅台。空空如也的桌子上连一丝昨日气息都寻不见。仿佛一场好戏已经散场，该从戏中走出来，回家过实实在在的日子了。

打这天起，按着跟市委的约定，剧团就得自己开伙了。大家望着眼前的南瓜粥，咸菜，还有发不起来的死面馒头，初来时的阴霾竟不自觉地浮上面孔。仿佛好不

容易从世界的一端走到了另一端，却又不得不回到原点。

随团而来的后厨王师傅，故作一副轻松满足的样子，敲打着饭勺对学员们招呼道："赶紧过来坐下吃吧，孩子们，比旧社会挨饿强多了。"随即，一边呈上一个大盘子，一边指着盘子戏谑道："今天免费给大家加个菜，我给它起了个名叫'全家福'，多好听啊。保证好吃，我把前几天的剩菜全拿回来了，怕以后没处去买，不过还好，这天冷得就像个大冰窖，保证不会拉肚子。都过来吃吧，不吃就没了，别后悔啊。"王师傅嘿嘿一笑，听者却无心附和。

然而，冷了的不仅是锅台，还有被窝。

睡惯了床的北京人初入东北，个个不待见搭好的火炕，土里土气的火炕首先让大家感觉到不适，既然在吃上没法满足，那么在睡上总是可以有选择权吧，于是吵吵嚷嚷地要换成床。市委为表示理解这些外来人员多年的生活习惯，只有应允。一张张炕被拆掉，腾出位置搭床板。将树皮还未褪掉的木板，往四支床腿上一搭，便成了一张简易床。除了随团而来的一位曾在东北待过的老人坚持留下了房子里的土炕，其余各家全部改炕为床。往后的日子里，拆了炕的人家就知道了什么叫作墙上起霜，苦夜难熬。刚经历过"反右"运动剧团的人们即便是后悔不迭，也只能扛着，没再开口麻烦市委将火炕改回来，以防政治帽子扣到头上。

那个年月的东北，屋内没有热炕睡就等于是流落街头。屋外，窗上结的冰溜子像是一列卫兵，倔强地定在那里，纹丝不动。

当然，这只是那段磨难岁月的开端。

东北的天黑得早，亮得晚。供电十天九停，能够凭借灯泡散发几缕微光的夜晚，也是需要煤油灯的鼎力相助才能看清家人的脸孔。在我的印象中，家里天天就是点煤油灯或者蜡烛。每当妹妹们在萤火虫般的光亮下写作业时，母亲总是点燃一根蜡烛放在离作业本不远处。一有人气，屋里就上霜。因此，天亮的时候，被子上的那一层总是硬的，摸上去冰手。还记得那时大妹妹常闹肚子疼，晚上临睡前，冲好了热水袋往被子里一放，更难受的时候，只好烧砖，砖烧热了，用布裹上放进被子里。用水全靠水井，每天一早，得端着一盆热水，将水井里结的冰烫化了，再用水引，才压得出水。

到安达后，市委马上给我们这些北京来的孩子们安排了学校。作为班里的最大个，我被老师安排在了炉旁的座位。那一天，在课堂上，我正埋头翻书，一阵突然的敲门声将同学们的目光引向门口，只见一个面色通红的人，神情紧张地望向我的座位，急切地问道："你是辛明吗？你妹妹冻晕了！快去看看吧！"未及回答，我跟着她冲进妹妹的教室。一年级的小妹妹辛荣躺在那儿，鼻子里都是冰溜子。直到父亲得到通知赶到学校，将妹妹背回了家。老师们一再叮嘱，不要摸她，怕鼻子给冻掉了。

在东北，我印象最深的除了住，还有吃。那时节，我们不懂保存食物，也没有地窖。分给家里的两袋土豆白菜，就直接往走廊上一搁，没几天，就养成了大冰袋子，十有八九都冻上了。因此，我们能吃上的都是冻土豆冻白菜。好在母亲有办法，将冻了的白菜做成汤，也就不那么难以下咽了。赶上个没冻住的白菜心，母亲将其切吧切吧也能炒出一盘美味。

剧团里有个学员班，学员班里有十来个人，包括男生女生，跟着剧团的演员们一起学演戏。学员们正年轻，饭量大，每人一天也就七八两的伙食定量，再加上他们未成家，完全靠吃食堂。不像有家的，能做点什么吃的或者熬点粥，全家均背着。当时的食堂，所有的东西都是要粮票和钱的，只有南瓜汤例外，所谓的南瓜汤，不过是几片南瓜就着一锅水煮成的汤，全团一人一份。

父亲与母亲起床比较晚，然而，几乎每天早上的六点钟，他们都是被外面的敲门声叫醒。后来成名了，拿过电影奖的女演员丁一，当时是母亲的学生，专门跟着母亲学习演老太太。每天天不亮，总能听到她站在门外，向母亲招呼道："付琳

老师，您那碗南瓜汤还要吗？”“不要了，你喝了吧。”母亲如是答道。有个叫周子和的男生，每天同样隔着窗户跟父亲招呼道：“辛老师，您那个南瓜汤还要吗？”“不要了，你去打你去打”。

刚到东北的时候，父亲养了十几只毛茸茸的兔子，叫安哥拉兔。那地方天黑得早，亮得晚。兔子不能在屋里养，再加上它们不怕冷，就在外面给它们搭了个窝圈养起来。本想等兔子长大了，吃上口兔肉，皮毛攒着给孩子们做个毛手套。在那个连人都吃不饱的年节，兔子的食物更少，也是可想而知，因此，兔子长得很慢。

学员们饿得没办法的时候，悄悄打起了兔子的主意。兔子稍长了点肉，就少了一只。父母一直心照不宣。后来，兔窝里的兔子所剩无几时，母亲便跟父亲说：“跟他们说说留几只吧。”父亲却说：“都是孩子，背井离乡的，怎么开得了口。”

到最后，十几只兔子丢得就还剩下两三只了。望着快被掏空的兔窝，我愤声道：“这是谁偷的兔子？”父亲闻声，拉住了我，安抚道：“别喊，别喊，丢了就丢了，不就两只兔子吗。”其实，父亲心知肚明。我说：“我们还想吃兔子呢。”父亲回到屋里说：“算了，都不容易，这些孩子们到了东北不容易，能让他们解解馋就解解馋吧。”

由于东北那个地方很荒，天太冷，没人半夜起来。这帮学员们有时就趁夜深，去地里偷点能吃的东西果腹。他们偶尔也会叫上我一起去，分吃点什么。

父亲享受高级知识分子待遇，在生活上，每月有特需照顾。比如，有五盒香烟，二斤鸡蛋，半斤白糖以及两三斤炉果。即便如此，我们也时常过着饥一顿饱一顿的日子。

物质上的艰难，迫使家里先是卖掉两辆自行车，后来家里比较好点的东西，能卖的也都尽量卖了。因为孩子们还在长身体，母亲有时得给孩子们做衣服，因此母亲坚决不让卖家里的那台缝纫机。

一个星期天的早上，睡梦中的我被父亲轻轻摇醒。“鸡蛋羹蒸好了？”我一骨碌从床上爬起，待双手触及到冰冷的被面，恍然醒来。“啥鸡蛋羹？”父亲一边询问，一边递过我的棉袄。“正做梦呢，梦见我妈给我和辛玲辛荣一人蒸了一大碗鸡蛋羹。她们俩喜欢吃甜的，妈妈就给她们的碗里放了白糖。我喜欢咸口的，妈妈给我的那碗撒了盐，还有一小把葱花。翠绿翠绿的葱花铺在淡黄的蛋羹上，好看极了。舀上一勺，用筷子搅拌到香喷喷的白米饭中，再一起送到嘴里。一定特别美味。”父亲苦笑道：“有好吃的，你还能想到妹妹。穿上衣服，跟我走一趟。”出门时，天还未亮。父亲扛起家里的水缸，提着一个陈旧的旅行包，而我则提着两把小椅子，一前一后，走在去往集贸市场的路上。

到集市上，父亲将椅子插上草，把水缸以及打开的旅行包往地上一字摆开。摆好后，父亲说：“晓鸣，你在这看着，有人来买就叫我，我到那边转转。”

到底是七尺男儿，知识分子，父亲不好意思地走向一边，以免被熟人撞见。如今，我再想起那时那景，竟是掩不住的忧伤浸上心头。一上午过去了，只见人问，不见人买。东北人不腌咸菜，自然是没有人会买走那口缸。小木椅也没人要。旁边有个卖肉的摊子，无望之下，父亲上前询问肉摊老板：“您要水缸吗？”答：不要。

“您要剧本吗？这些纸可以用来包肉。”父亲继续问道，同时将一叠剧本递于肉摊老板面前。老板皱了皱眉，接过那叠剧本，翻了几页，抬眼对父亲说：“上面有字，能当小说看，用它包肉，有点可惜了。”闻声，父亲赶紧双手将旅行包递到老板面前，说：“您瞧，这一堆都是。”卖肉的瞥了一眼旅行包，问父亲：“你要什么？”父亲回答：“您随便吧，给割块肉吧。”带着一块槽头肉，父亲扛着水缸，我提着椅子，又沿着来时路一步一步地踩着雪回去了。

“师父，我看过您演的戏。”身后不远处传来肉摊老板的喊声，父亲没有回头。有泪花在眼里打转，那是我第一次见到父亲流泪。

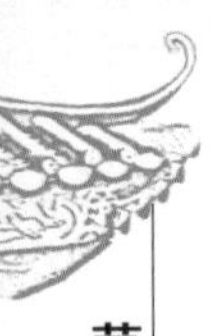

回到家后，母亲把那块槽头肉炼成了油，炒菜用。油渣子拌冻白菜做成了花卷，那天，我们的生活也算是沾上肉腥了。

生活上安置完毕后，工作的开展也要跟上。剧团的主要工作是排戏，演戏。彼时的安达市，没有排练场，没有会议室，没有舞台，只有一个安达电影院。电影院的舞台很浅，无法排戏，也只能在演出时使用。剧团索性在驻地空间稍大一些的学员宿舍内排戏，生活和工作上艰苦的条件，导致排戏进度很慢，一排就是两个月。

大戏终于要拉开帷幕。虽然着实不易，也未能阻挡剧团演职员们的兴奋之情。第一天招待市领导以及各部门和油田代表，招待票全部发出，只有百分之八十的上座率，究其原因，可能是天太冷，那些没来剧场的人正在家猫冬。第二场演出，从早上售票到开演前，仅卖出百十来张票，剧团开始有些疑虑，料想到可能是宣传力度不够，市民们不知道有话剧演出，便让学员们冒着严寒上街推广，站在街上的孩子们出气成冰，少有人睬。开演前也只又售出几十张票。望着剧场观众席上稀稀拉拉的观众，父亲不禁愁上心头，这样的票房，还不够抵销演出的电费呢。等到第三场演出时，前来看戏的观众已是寥寥无几。

演员们面对舞台时的兴奋，不消三天，便被冲得烟消云散。谁也不曾料到，会是现在这种结果。

剧团向市委如实汇报了情况，市委也是一副无可奈何的表情。情急之下，剧团决定以小分队的方式，下到油田给工人们演小节目。初见演出小分队的到来，工人们甚是欢欣，早早地等在舞台前，演员们竟不由得生出一股受宠若惊的感觉。演出进行中，父亲望见台下的工人们配合着掌声，先是放声地大笑，再是嘿嘿地低声笑，慢慢则变成只见一张张僵硬的笑脸，不闻其声。间或有人搬着板凳离开。父亲的心似乎渐渐地被呼呼的北风吹乱了。

在随后市委组织跟油田工人的谈心座谈会上，在问询工人对文艺演出的看法时，工人们一吐为快，有的说啥话剧啊，不就是说话吗，没意思。有的则说，不痛快，费脑子，看完干活更累了。还有的则直截了当地表示，只想看二人转。

事已至此，市委不得不对移植话剧这样一个外来剧种到东北的错误决定进行反思。本意是想提高当地的文化素养，无奈丰满的理解终究抵不过骨感的现实。

剧团走的是自负盈亏的路线，人员来了两三个月了，工作却开展不了，没有经济来源。食不果腹，饥饿难耐，漫漫寒冬，冰天雪地，不知所措，焦头烂额。那段期间，环境的恶劣，内心的痛苦无助，年少的我还不能体会到那种内心的痛，若干年后，在我经历过种种困惑与不甘时，深切地体会到，心痛也是种切肤之痛啊。剧团如一只困在笼里的小鸟，无依无靠，百般挣扎，却又出不去。

然而，困兽在绝境中尚知突围，何况是人呢。经过几天的讨论，剧团做出了如下决定，一是派人去北京汇报现状，二是派人去外地联系演出事宜。各家安排好家属回京，暂且投亲靠友，演员则同时准备剧目和服装道具，以及演出必需品，做好长期巡回演出的思想准备。那时，祖父受不了东北的酷寒，到东北一个月后，就带着手上的伤回了天津。次年四月份，母亲护送两个妹妹回北京，并联系东城的船板胡同小学住宿就读。周末则委托母亲的表妹“三姨”帮忙照顾妹妹们。只有我留了下来，跟父母在一起。

1960 年，由于外联工作的铺垫，经过紧张的准备后，剧团前往距安达较近的哈尔滨市哈尔滨青年宫进行短期演出。道具跟汽车先行，人员乘火车后上。相对于安达市，哈尔滨毕竟是个大城市，市民在文艺方面的素质较高。当时青年宫的经理对剧团非常热情，能够理解剧团的困境，并答应与剧团签订半年的合同。剧团人员住在后台，青年宫不举办活动时，剧团可以占用舞台排戏，也可以借用会议室，甚至可以自行开伙。生活以及演出条件上的改善，暂时驱散了剧团演职人员们脸上的愁云，晚上虽然睡在后台搭的铺上，但房子毕竟是钢筋水泥建的，严实，也相对暖和。只有一个要求，剧团每二十天至三十天要更换一台戏码。剧团正想

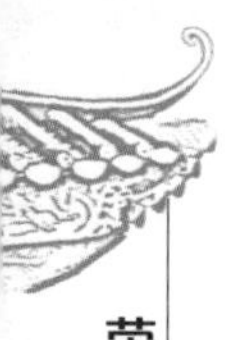

恢复原有剧目，锻炼一下队伍，培养一下年轻人，过过戏瘾，因此，立即答应。

帷幕再次拉开前，有安达演出经历的演员们，不安地等在后台，谁也不知道台下的观众是否会看完演出，能坚持下来的观众又会以怎样的态度听着舞台上演员们的对话。

时针嘀嗒，该上台了，已不允许演员们再多想。他们将忐忑的情绪从心里移开，腾出了位置给他们要演的人物。台上，演员们在投入地表演。台下，一个、二个、三个，一排、两排、三排……观众们目不斜视地盯着演员们的一举一动，聆听着他们的每一句台词，每一声叹息。没有挂着僵笑的脸，只有真挚的欢喜在眼眸中回转，直至幕落。演员们透过缝隙望着一脸满足走出剧场的观众，终于踏实了。

剧情大反转。全体人员抖擞精神齐上阵，晚上演出，白天排戏。如果赶时间，演出后还要订布景。由于特别好的上座率，有时青年宫还会送来免费的夜宵。用“场场客满”已不能形容当时的情景，一些单位甚至需要提前十五天才能订上集体票。

在戏码的更换上，剧团不遗余力。前一部戏刚推上去，下一部戏的预告就出来了。剧团和青年宫在票房收益上稳步向前，演员和工作人员也分得了加班费。收入上的稳定，工作上的充实，似冬日暖阳，驱散了所有人脸上的阴云。在生活上，虽然粮票不够吃，但有加班费的支撑，温饱已不是问题。还记得当年剧场门口卖吃食的那些小摊上，常常会聚集几个散了戏的演员们，也包括我。三角钱一套的烧饼大油条，不及下口，握在手里，已是心满意足。

那期间，除了哈尔滨，剧团还去过长春等几个城市巡回演出。由于是游荡式巡回演出，没有合适就读的学校，我也就不上学了。因此，一天天的时间都是跟着剧团的大人们混在一起。

白天，我自己看看剧本，一到了晚上，就仿佛是拉开了我的大戏。开演前，我的任务是抱着一摞当天剧目的说明书，兜兜转转在剧场附近，向行人售卖。演出一开始，我已悄悄地坐在角落里等待着演员们挨个地出场了。中场休息时，我会迅速到厨房，帮着王师傅给演职员们送汤送水。演出结束前，我又奔回厨房，帮着王师傅给大家准备夜宵。卖说明书，王师傅会奖励我一套烧饼大油条。帮王师傅做饭的奖赏则是一个大馒头夹一片肉，他会叫我悄悄地吃。因此也就有了前面的肉香那一段。

我的大戏绝不仅限于此。让我最认真最激动的，则是为话剧《胆剑篇》打追光。在舞台的右侧，有一灯楼，有时则只有一把梯子，是追光灯的位置。其中有两场戏是必须要有追光的，因为整个台上无任何光源，只有一部追光灯的灯柱射在舞台上演员的脸上或者全身为了打好追光，要认真听演员的每句台词，看演员的每个动作，根据演员的变化而变化。

灯光楼离舞台近，为了看戏，我常待在那里，同时也能看到灯光师傅怎样工作，久而久之，便看明白了一些关于打光的道理。有一天，灯光师傅实在忙不过来，环顾左右，只有我在他眼前。他便鼓励我试试。试后的效果师傅很满意，从那以后，便开启了我的追光岁月。

整场戏 30 分钟，是越王勾践念白《胆颂》的独角戏，父亲一个人在台上，台下鸦雀无声，父亲的每一句台词，每一个字我都听得清清楚楚。他的每一个动作，每一个手势，无不昭显了越王勾践的内心。我看到的，听到的，不是站在舞台上念台词的父亲，而是勾践奋发图强的决心和隐忍，我被《胆颂》深深地感染，被炙热的艺术熏陶着，我的内心之火燃烧着，升腾着，仿佛我在走路，走着走着，脚下的路在无限延伸，那是通往艺术的道路。

我在被誉为中国第五代导演开山之作的《一个和八个》中饰演“大个子”，这是由张军钊导演，张艺谋摄影，何群美工的作品

1985年拍摄的电影《野山》由颜学恕担任导演，讲述了一个关于农村“换妻”的故事，涉及传统伦理道德和农村政策，曾在当时引起广泛的争议，甚至在第六届大众电影“金鸡奖”的评选过程中险些下马。不过风波过后，《野山》最终获得了包括最佳故事片、最佳导演在内的六尊“金鸡奖”，我也因在《野山》中饰演“灰灰”而获得“金鸡奖”最佳男配角奖

八

放下笔，大妹妹辛玲拿起笔墨未干的纸张："你瞧，这一段不是过去了吗。"我们相视一笑。

"有件事情很有趣，到今天我都不能忘。"妹妹见我谈兴大发，又给我续上了一杯茶。

"还是话剧《胆剑篇》里的独白《胆颂》那一段，勾践正全神贯注地表演自己的内心独白，台下的观众目不转睛地看戏，勾践的每一个字，每一声喘息，牵动着观众们的神经。这时应该有位士兵问勾践：'勾践，你忘了会稽之耻了吗？'提醒勾践不忘国耻。可是那天演士兵的是上海戏剧学院毕业的演员邹学东。不知是不是太入戏，只听他说了一句：'勾践，你忘记会稽吃屎了吗？'因为我每天必看这出戏，所有台词能倒背如流。正在专心致志打追光的我，一听说错了词，心里咯噔一下。当时，咱爸在台上也是一愣，转过身去，双肩低了下来，似在颤抖。我认为咱爸肯定是笑场了。稍有停顿，只见他痛苦地仰天长叹：'勾践没有忘记！勾践没有忘记！'双眼含泪。观众全体起立，报以热烈掌声。结束后，我找到邹学东，刚要质问，咱爸把我叫到一边说：'人家刚毕业参加工作，给人留点面子，不能说，明白吗？'我答应后，咱爸说：'勾践吃屎也算正常，吴王不是当众拉屎，让越王勾践吃过？越王国弱而忍后而奋，这个人物的核心就强调忍字和奋字，明白吗？'咱爸的这几句话，给我留下了很深刻的印象，深入浅出，在艺术创作的道路上一直引领着我。"

“哈尔滨大半年的演出奠定了经济基础，剧团的人们得到了休养生息。去北京汇报剧团现状的人也带回了消息，汇报信交给了可靠之人，并转交给了周恩来总理。哈尔滨毕竟是个大城市，文化素养高些，大专院校也多，外国人也多。因此也不愁话剧没人看，就是辛苦些，观众不满足，总想看新戏。因此换剧目越来越勤，辛苦点没什么，能赚钱，能吃饱不受冻，不受罪，这是硬道理。跟青年宫关系相处得也很好，有时应邀参加很多与青年和外国友人的社交活动，辅导青年跳交际舞什么的，社会关系多了，认识人多了，话剧迷也多了起来，这个请吃饭，那个请去家里坐坐，剧团同仁们得到了温暖和温情。前些年，我还专程去哈尔滨青年宫看了看，还是原来的样子，使我重温了在那里度过的年少时光。”

“等待北京消息的时光是漫长的，哈尔滨的热情和稳定毕竟是暂时的，大家在那里没有归属感。那一天，安达市委派专人来到哈尔滨青年宫，传达了周恩来总理的批示，全团迁回北京，待安排。在剧场听了传达精神的演职员们竟哭了起来。剧团决定，完成当前那一轮演出后马上回京。派出一个小分队去安达市收尾，大部分演职员再也不想回到那个地方了，生怕被扣下，可见大家对那里的印象是多么不好。我到现在为止，坚决不去东北拍戏，真是冻透了，怕透了。”

“后面就是回到北京以后的故事了。”

人物：

指导员路华——辛静饰演

战士童阿男——杨中一饰演

连长鲁大成——陈敏饰演

老班长洪满堂——刘璐饰演

排长陈喜——王刚饰演

班长赵大大——劳革饰演

剧场观众

地点：中国儿童人民艺术剧院舞台上

幕起

路华：阿男，这撕碎的两张，你应该把它牢牢保存着，这是你一生中最有意义的记录！

童阿男：（庄重地接过两张破碎的申请书）指导员，你都知道？

鲁大成：你一张张撕，指导员给你一张张地拣，什么事他都知道。

洪满堂激动地擦眼泪。

鲁大成：老洪！你干什么？（自己也擦眼泪）

洪满堂：拦不住了，翅膀长全了，要飞了，要跑了！我觉得南京路在前进，我看见部队在成长，后继有人了！你们到了朝鲜以后，有用着我老班长的时候，就打个招呼，我老班长扛扛行军锅什么的还中！

路华：同志们！你们到朝鲜，我们在南京路，目标只有一个：将革命进行到底！陈喜啊！赵大大！

陈喜、赵大大走向路华。

路华：你们俩是老兵，一路上要多多照应阿男。

陈喜、赵大大：是！

童阿男：指导员，我请求，在我离开连队的时候，让我在南京路站完最后一班岗。

路华：好吧！

暗转

观众起立，掌声连连。

幕落

1962 年，话剧《霓虹灯下的哨兵》在中国儿童艺术剧院首演，获得满堂彩。

几天前的一个深夜，将近凌晨一点钟，两道高大而匆忙的黑影闪进冶金部招待所，随即，一阵“咚咚咚”的敲门声，将披衣而坐的大妹妹辛玲从等待中召唤起身，快速奔向门口打开房门。“爸，您回来了！铁英叔，您也来了！”她等待的正是出差归来的父亲。跟父亲一起回来的是剧团美工师张铁英。

只见她一边招呼来人，一边要接过父亲手里的皮包。父亲用力向怀里收了收皮包，不肯像往常一样递于女儿，仿佛怀握至宝。

“爸，铁英叔，您们先坐，我去给您们把水端来洗把脸，水都开了好几滚了。”辛玲转身道，难掩父亲归来带给她的喜悦与兴奋。

父亲叫住了辛玲：“多烧些开水，今天夜里我们要在这里开个会。”同时望向怀里的皮包狡黠一笑。

辛玲顺着父亲的眼神望去，似有所悟，爽快答道：“好嘞！”一溜烟儿地走开。她太知道父亲的风格了。

是夜，来客们围坐一起，讨论声争吵声此起彼伏不绝于耳，直至天明。

第二天一早，剧团集结所有演职人员，统筹安排之后，各自宿于冶金部招待所有可用空间的各个角落。走廊内，张铁英正领着一伙人根据草图订布景，忙得不亦乐乎。食堂里，父亲正忙于跟一干人等确定细节以及走位调度，紧锣密鼓。演员们则分散在各个小房间内对台词，热火朝天。一个礼拜以后，中国儿童艺术剧院的舞台上，话剧《霓虹灯下的哨兵》由安达市话剧团全国首演，力压南京部队前线话剧团提前一天公演。

那天夜里，父亲包里装的正是《霓虹灯下的哨兵》话剧剧本。

在东北经历了一年多的艰苦岁月后，由于气候以及剧种的原因，剧团又被调回北

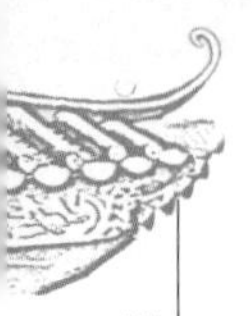

京。原实验话剧团所在西单二龙路的团址已被全国总工会占去，剧团无处安置，暂住冶金部招待所。当时住在冶金部招待所是需要付钱的，后来在得知剧团无处周转的情况下，招待所同意剧团可以先欠着租金。最后据说是经过一系列的公关，冶金部领导请示国务院办公厅批准，决定不收剧团房租，只是吃饭要收粮票。就此，剧团在生活上算是暂时稳定下来，然而，要怎么展开剧团的工作，却无从而知。

正当剧团再次陷入枯鱼涸辙之境，犹豫不决该演什么戏的时候，突然有一天，父亲听说上海有一台反映新中国成立初期发生在霓虹闪烁的大上海的一场特殊斗争的戏，正在由南京部队前线话剧团排演。父亲即刻连夜带领美工师张铁英南下，他们到达之时，正赶上人家在彩排。铁英叔负责画草图，记录布景道具等。父亲观察演员调度。之后父亲找到这出戏的编剧沈西蒙。由于对父亲以及原北京实验话剧团的了解以及充分认可，沈西蒙对他的到来表示非常欢迎。握手寒暄间，父亲表明来意。沈西蒙二话不说，将剧本递给了父亲，并嘱咐道：“剧本给你，你们排出来以后不用经过我的审查，直接公演。”带着剧本与这份不言而信，父亲和铁英叔即刻赶回北京。为了争取新剧能够跟南京部队前线话剧团同时公演，当晚到家即分配好角色，第二天一早订布景开始排练。同时派外联去联系剧场，定公演时间，开始卖票。一边还在紧锣密鼓排戏，另一边已上报市文化局并对外售票。海报一出惊起四方。各个报纸发出各种版本消息，采访人踏破招待所的门槛。为不影响排戏，剧团派专人应对宣传与采访事宜。然而，登门拜访的话剧界的旧友们是不可避而不见的，但也只能是在排戏间隙抽几分钟叙过往话当下。

15 天之内的预订票一放出就告售罄。剧院门前的黄牛票价格翻上了 10 倍还有人抢不到。

一个星期以后，大戏正式在中国儿童艺术剧院上演。

不曾想，这一上演，博彩满堂，以一发不可收拾之势，轰动了北京，轰动了南京，轰动了上海。话剧《霓虹灯下的哨兵》惊动了文化局，惊动了北京市委，甚至迎来了罗瑞卿大将前来剧场观戏。演出结束后，罗瑞卿到后台看望演职人员，以示鼓励。

在此期间，父亲导演并兼主演、指导员，一个星期的光景体重减了 5 至 6 公斤。记得有一次，一位学员跟厨房的王师傅吵架－饭点已过，该打饭的人都来过了，这位学员来得晚些，只剩下豆腐烩白菜和土豆炒肉丝等乙菜和丙菜。然而，学员看到在案子上还有一份甲菜红烧肉，于是非要拿走这个菜。王师傅不肯，两人便争吵起来。王师傅解释说是留给父亲的，学员不信，依然为此跟王师傅纠缠。到后来王师傅急了，对那个学员说："如果给他病倒了，演出不了，大家全玩儿完！瞧瞧他没日没夜地排戏，都瘦成什么样了！"说着便蹲到地上掩面而泣。

《霓虹灯下的哨兵》像一股春风，吹遍京城；又如一股清泉，滋润着各个角落里观众的心。及至后来，戏票预售由提前 15 天改为提前 30 天，且往后的日子每天加演一场。

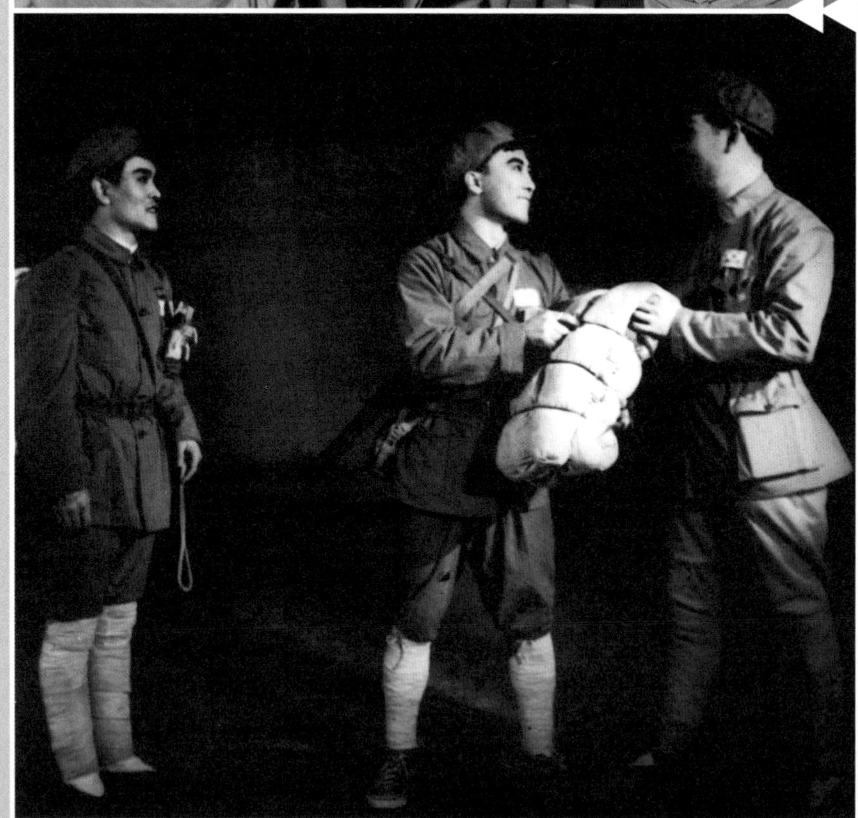

上图：1962 年，罗瑞卿大将前来剧场观看《霓虹灯下的哨兵》，并看望演职人员，以示鼓励

下图：《霓虹灯下的哨兵》剧照

1961年之前，我的弟弟妹妹们随父母生活在北京，生活还算固定，该上学的上学，弟弟妹妹们住校抑或是在幼儿园。从东北回来后，我被送往天津，随祖父一起生活在荣安大街98号的老宅中。相对于弟弟妹妹，我在天津的生活稳定一些。父母出去演出时，和父母同在北京的弟弟妹妹被安排在不同人家，投亲靠友。父母演出回来后，周六日全家能见上一面。

我到天津后，直接上的是初中一年级，由于在小学期间跳过级，基础文化不牢，读起书来很是吃力，尤其是数学这一科。在当时的天津十八中，我还是一名校运动员。长身体的年龄，再加上体力消耗大，在那个灾荒年代，总是吃不饱肚子。祖父还是比较宠爱我的，然而，再宠爱，粮食也是固定的。那时祖父每个月有二十七斤半的粮食，我比祖父多出几斤。即便如此，依然无法果腹。那时，每月二十八或二十九号发粮票，父母月中会寄钱过来，因此，这段时间还有吃的，然而，当粮票和钱都消耗殆尽，而下月粮票还没发时，剩下的日子就只能靠喝西北风了。

就这样过着“倒月”的日子。每个月的最后一星期，既没有钱，也没有粮票。那时候的烧饼大概是一毛钱一个，而电影票只有八分钱一张。因此，我学会了赶在吃饭时间去看电影，通过看电影来解饿，甚至逃学去电影院。

有一次，大概是饿了五六天，那期间我没有去学校上课，身体也不舒服，每天去街上转一圈，约莫赶在放学的点就回家了。祖父似乎察觉出异常，便试探性地问我：“晓明，能不能借给我二三两粮票？”听到粮票二字我的委屈之情不由自主地现在脸上，瘪起了嘴，告状似地，向祖父说道：“没有，已经好几天都没有了！”

祖父眉头一松，心内明了，只是叹了口气，随即踅进里屋。我站在门口，好奇地盯着祖父的一举一动，心里揣测着祖父是否会找出一些可以拿去换吃食的东西。假如有的话，想必也该是个珍贵的物件，否则的话，祖父怎肯置他爱孙的饿腹而不顾。一阵翻箱倒柜之后，只见他腋下夹着一个包裹出来，拉着我便走。那一天，紧跟在祖父身后，我突然感觉他的背似乎不再直挺，步伐不似往日那般矫健。至今再回忆起当时的情景，似乎能猜测到祖父早已动了那个包裹的念头，只是在迫不得已的那天才果断地携它而走。

我随祖父去到了河东小树林的一户亲戚家。祖父看似毫不惋惜地将打开的包裹递于亲戚，立在旁侧的我却察觉到，对方从祖父手里接住包裹的瞬间，祖父的手抖动了一下。就在那一刻，我的脑海里突然闪现出当年开往东北的火车上，祖父的手皮在冻铁上撕裂的情形。一双手，作为人身体不可分割的一部分，在人一生的经历中，忠实地尽手的职责，并如实地反射出主人的状态，或喜或愁，或悲或嗔。你看，那附着尘垢的拾荒者的手，让人看到的是艰辛生活的泥污。再看，那白皙而修长不停地在键盘上敲击文字的手，则昭示着主人的忙碌或充实。此时想起祖父的手，突然间，真真切切地感受到痛，一种难言的痛，无法从身上割裂的痛，生而为人就要品尝的生离死别的痛……虽然痛是暂时的，我们占有更多的是欢乐与圆满，但是它仍然会在不经意间砸向我们的心房，使我们无力反击。

接过包裹的亲戚对祖父兑换钱和粮票的请求未置可否，只说得问当家的。一轮讨价还价后，祖父说：“给一百块钱，我认了。还得加上三十斤粮票。”最后祖父是拿着一百块钱和二十八斤的全国粮票，冲我说了一句：“孩子，咱们走，我带你好好吃一顿去！”祖父拽起我的衣袖，扭脸便走。

祖父带我进了天津饭庄，点了一盘对虾段，两碗米饭。半碗饭下去，祖父望着如虎扑食的我，心疼地抬起手抚摸了一下我的脑门儿，叫我慢点儿吃。

埋头间，一个提着破旧饭盒的穿工装的人，坐在了对面桌，他同样要了一盘对虾段，两碗米饭。那时候，天津饭庄的习俗是，点菜必须要点饭。来人见我狼吞虎咽，而祖父始终不动筷子，便将两碗端到我们桌边上，对祖父说：“大爷，孩子饿，我这两碗饭给孩子吧。”祖父谢过来人，对我温言道：“吃吧，晓鸣，这顿吃饱喽啊。”我冲祖父一笑。三碗米饭下肚，烧肠饥火终于暂时微弱黯淡。

那天，祖父的包里裹的是冯玉祥将军赠予他的老羊皮皮袄。

此事过后，祖父给我的父母去了封信。当时住在一个院子里的还有我的叔叔伯伯们，当时的我很调皮，饿得不行的时候，有时直接拿东西换烧饼去了。

母亲没过几天就来了天津，告诉祖父剧团有可能会迁至郑州。上次去东北的记忆依然镌骨铭心，因此祖父坚决不肯随剧团离开。无奈之下，只听得“扑通”一声，母亲跪在了祖父面前。

“爸，这次我肯定要接走晓鸣。您又离不开他。往后就算是只有一口吃的也尽着您。要饿死咱们也在一块，跟您的大孙子在一起。”母亲的话语里是不容置疑的果断。而祖父竟被这种果断的态度感动得润湿了眼眶。

母亲终于接走了祖父和我。郑州时期的篇章即将开始。

人物：

父亲辛静：三十八岁，头戴纸糊三角高帽， 胸前挂着一块木板，上书“黑专分子，走资派，美蒋特务”。

母亲付琳：三十八岁，端坐桌前，望向窗外，愁云漫上眉头。

长子辛明：十八岁，垂头丧气。

地点：郑州市一居民楼二楼室内

幕起

父亲一手摘掉帽子，一手推开房门，左脚刚一踏入屋内，母亲便迎上去，接过纸帽，放于桌上。辛明起身。

辛明：爸，您回来了。（父亲低头，母亲伸手将父亲脖子上的木板摘下来）

父亲：怎么样？军装送来了吗？（父亲探寻的眼光，露出一丝微笑。母亲无话，将父亲刚脱下的糊满糨糊的外衣抖了抖）

辛明：爸，我可能当不上兵了。（欲言又止）军装……军装让人送来又拿回去了。（母亲已经离开堂屋，进了厨房）

父亲：怎么的了？（微笑拂去）

辛明：爸，来了个小兵，给我送了套军装，正合身，还需要最后一道程序，得让剧团革委会在材料上盖个章。

父亲：盖了吗？（打断儿子的话，急忙问道。瞬间面露不安）

辛明：没盖！不给盖！说您是“三名三高”“黑专道路”重点对象，要是武汉军区敢接收我，他们就上报军委。小兵一听，赶紧拿着材料撤了出去。

父亲：唉……（面色由不安转为无奈而愧疚，扶桌而坐，一声叹息）

辛明：爸……（望着父亲垂下的眼帘。母亲摆好饭菜，往父子碗里各夹了一筷子，依然无话）

父亲：孩子，对不起啊。（潸然泪下，眼泪滴到碗里，汇入粥中，无声无息）

辛明：爸，您别这样，用不着这样。

父亲：是我对不起你们，耽误了你们。

辛明：我就不相信了。爸，您放心，将来我一定要站在舞台的中央。（愤愤地，双目炯炯，面色通红）

幕落

常在戏中痴，怎不知自己也是戏中人。

这是我第二次见到父亲在生活中流下眼泪，那一幕的他像是一个不合格的演员，堂堂七尺，竟控制不住自己的情绪，声音低到尘埃里。那一幕里，他只是我的父亲。

这是一个很长的背景介绍。

1963 年，《霓虹灯下的哨兵》一举成功，誉满全城。一时间，艺术界以及观众间争相奔走相告。而首演这一台大戏的原北京实验话剧团，也在如潮的好评中再一次名声大噪。

由此，解决剧团回京后的程序上、场地上以及团址的问题，变得顺理成章。在等待上级领导安排以及相关事宜的确切消息期间，熟料一个远道而来的客人和一场有“蓄谋”的座谈会的召开，将事件的进程引到了另一个方向上。来者系时任河南省郑州市市长张北晨。

后来父亲回想起当时团内的情况，有两种猜测，一种是文化部了解话剧团当时的境况，有意安排郑州来人。另一种则是主抓文教方面的市长张北晨关注《霓虹灯

下的哨兵》多日且专程来京，看完演出后的张市长随即在座谈会上谈到了此行的目的，即请剧团迁往郑州，以丰富和发展当地的文艺事业。

河南是农业大省，郑州作为省会城市，建有多所大专院校。地方上以豫剧和曲剧为主，并涵盖了很多戏剧种类，包括话剧。原有的河南省话剧团以演农村题材话剧为主且剧目单一，逐渐不能满足市民对话剧欣赏的需求。因此，郑州市委注意到这一现象并想建立一个能够给省里的文化事业增添活力的话剧团，以逐日提高市民的文化品位。

原北京实验话剧团，对河南的观众群来说并不陌生。他们的巡回演出曾受到河南观众的欢迎与追捧。当时剧团仍然处于两难的境地：一方面，巡回演出后入住冶金部招待所不是长久之计，原团址被占且无法腾出；另一方面，剧团家属和需要入学的孩子也必须要尽快得到安置。以当时双方的处境看来，将剧团迁至郑州，也未必不是一项好的选择。

在座谈会之前，剧团上下全都蒙在鼓里，对即将讨论的内容没有任何感知。当时家中的两个妹妹在北京住宿读书。四弟辛强上幼儿园，而家中又添五弟辛生。我仍在剧团跟着大人们跑东跑西，白天里虽上补习学校，却无心读书，只热衷于看戏与给剧团打杂，放学后仍是帮助剧团卖说明书，钉布景，或者帮厨做饭。

张市长的有备而来，自然在剧团里引起了不小的恐慌。历数剧团的变迁，从颠沛流离风餐露宿地在江湖上跑，到在北京城郊的大车店与客栈里蹒跚过渡，再到登攀至北京城占有一席之地，及至后来从北京被发配到令人啼饥号寒的东北，最后跨过满途荆棘，再次回到北京。那些煮弩为粮，穿荆度棘的日子，十几年如一日的困苦与艰辛，又有谁知呢？唯有那些选择过，经历过，饥过冷过，无奈过，痛苦过，却又披荆斩棘孜孜奋进的人，才十分地懂得那份足以震撼人心而又无法磨灭的不易与不安。青山不老，来日方长。具体到每一个人，对于下一步是前进还是退缩，命运又会被推送到怎样的境地，都不得而知。

因此，有了东北安达行的教训之后，剧团上下无人敢轻易决定是否离开北京，乃情理之中。再三考虑之下，剧团先派出了一个小分队去郑州进行实地考察与调研，从人文环境，对话剧艺术的接受能力与程度，以及生活条件气候条件等方面进行评估。小分队回京后，详细地向剧团汇报了了解到的情况。

期间，郑州市委为了丰富河南的剧目增强河南的文化人才建设，一直热情诚挚地邀请，并提出迁至郑州后，全体人员升格一级工资，并解决所有安置问题。在场地上，将提供专属的百花影剧院供演出，住宿上则安置在人民公园内。排练场地设在公园内少年宫，布景仓库，服装仓库一应俱全，孩子们上学的问题由市委文化局和教育局协商解决。小分队在调研之后，认为郑州气候适宜，物价低，语言通。经过一番利弊权衡之后，最终经全体人员投票通过全团择日南迁。怀揣着对话剧事业的热情，以及对居有定所的生活向往，他们又一次踏上了漫漫前程。

在此期间，中国人艺以及青艺又一次分别建议父亲母亲留下，加入人艺或者青艺，既能够在首都的舞台上大放异彩，生活上也将得到妥帖安排。然而，也许是因为人在被历练到一定程度之后，心态反而会放得平和一些，我的父亲母亲对此并没有太多兴奋，尤其是经过东北的如蹈水火之后，他们更是不肯离开剧团里那些共患难的老兄弟们了。当时有很多学员不愿再跟随剧团走向未知，选择离开剧团，有的留在北京，有的则奔向各地文艺团体。其中学员中的丁一、崔玲、冯福子、凡书茂、李书存等几位还跟团迁移。

到达郑州后，根据市委的要求，边安置，边排戏，边统筹话剧团建团事宜。1963年，郑州市话剧团成立。父亲作为主要演员与导演，以及剧团团长，快马加鞭地全心投入工作中。对父亲而言，话剧艺术是他在困境中的精神支柱，是他的第二次生命。

在郑州稍作安置后，市委催促尽快排练，以期好戏尽早与观众见面。市长张北晨为新剧团的成立而由衷地高兴，团内的大小事情，他不但找人解决，而且有求必

应，良苦用心可见一斑。

新剧团成立时，对原有的郑州市文工团的成员，根据本人情况择优留用，再额外招收二十名本地年轻学员培养，以解决老中青演员的搭档问题，同时向中戏和上戏发出信函拟收毕业学生。

在对学员的培训上，分为两步。第一步强调普通话，走调度。第二步则着重塑造人物，配合对手演员。一切从零开始，白天培训，晚上在演出现场观摩学习舞台上的演出。

其中不得不提的两个人。一位是原北京实验话剧团的学员丁一，从北京到东北，后又跟团来到郑州，她是母亲的学生，专学老旦。母亲不仅亲自对其辅导，而且创造一切机会让她上台锻炼。尤其到郑州以后，她几乎长在我家里，每顿饭都从食堂打完饭后来我家里吃，利用一切时间领受母亲的言传身教。只要团里排新戏，母亲总为她申请 B 角。演出推出后母亲总在团里为她争取机会。“让她演几场吧！我在侧幕条盯着！就这样慢慢地翅膀就会硬了。”母亲如是说道。

另外一位则是父亲的学员李涵林。原实验话剧团学员周子和在南迁时，没随团到郑州而选择回到故乡长沙。因此，郑州市文工团的李涵林续了他的空位。跟丁一样，也是每到饭点必托着餐饭到我家里来，毕恭毕敬地向父亲学习。

剧团全体人员白天排戏，制景，晚上投入演出。

1963 年之后，郑州市话剧团在排演新的剧目的同时，也推出原有剧目的复排，主要有《西望长安》《阿 Q 正传》《清宫外史》《原野》《革命家庭》《胆剑篇》《东进序曲》《彼岸》《赤道战鼓》《千万不要忘记》《阮文追》《艳阳天》《南方来信》《霓虹灯下的哨兵》《首战平型关》《战船台》《日出》《雷雨》《夜店》《针锋相对》。

居有定所，不再流浪漂泊，有专门的演出场地，使剧团得到了稳定发展，两年内演出近二十个剧目。

郑州作为省会城市，市民们文化素质不低，从话剧的上座率可以看出，场场爆满。每二十多天换一场剧目，每个剧目都颇受欢迎。仅就百花影剧院而言，演出之火爆使剧团半年不能动窝。收到周边城市如洛阳开封等地的地方剧院的邀请，也只能婉言拒之。有不少观众从外地赶到郑州来看剧团演出。看话剧团的演出已经作为当时郑州的一种时尚，甚至是一种招待亲朋好友的最高礼遇。

在 1966 年之前，剧团工作进行得平稳而充实。1972 年恢复演出，直至 1988 年，郑州市话剧团解散。1976 年之后，父亲和母亲也开始在电影荧幕上崭露头角。当然，这是后话。然而，到达郑州之后，生活中的巨大变化以及家庭的变故，却是永远无法抹掉的一笔。

“爸，给您来一口，倍儿脆。”听见我嘎嘣嘎嘣的咀嚼声，父亲没有停下脚步，拉着平板车和车上的我继续赶路。

“爸，给您！” 我再一次叫着父亲。父亲稍作停顿，歪着脖子，张嘴咬下一口我递过去的菜瓜。蔬果特有的清香，淡淡地从父亲口中飘散出来。浸在父亲额头上的汗滴，在日光下的照射下，仿佛一面面能够照见父亲内心的小圆镜。十五岁的我，第一次感觉到离父亲那么近。

随团人员先于行李到达郑州，分好房子后，母亲留下打扫卫生，父亲拉着平板车去火车站接我们的行李。去的路上，我坐在父亲的车上吃着花 7 分钱在人民公园门口买的菜瓜，摇摇晃晃。回来的路上，我在前面拉着绳往前走，父亲在后面推。

回溯至剧团迁至郑州之前，当时的郑州市人民公园内有少年宫，少年宫能当排练场，但住不下剧团那么多人，即便是可以安置一些家庭，但凡遇上举办活动，又不得不腾出空间。只有人民公园内市广播站（即现在郑州市广播电台）旁边还有

一片空地。市委决定在这片空地上先将房子盖起来，即便是剧团不来，今后也可另作他用。用黄土干打垒，土坯加草，把墙加厚一些。就这样，一溜土墙灰瓦的平房便盖好了。刷了白灰的墙，用高粱秆糊上了白纸的顶棚，使整个屋子看起来干净而整洁。虽然有窗框和玻璃，但是不能打开，与其说是一扇窗倒还不如说是一个多余且无用的装饰。隔断是半截墙，即使有隔音效果，效果也是约等于零。还有一个院子可供人活动，由于离公园门口太远，为安全起见，院外筑了一道围墙。还记得那时候，由于离公园门口太远，采买日用不太方便，于是有谁家需要东西的时候，给要出门的人写张纸条，出门的人就一起买回来了，只当是活动腿脚。况且每天都有演出，晚上演出完捎回来也就是了。

公园里环境相较于别处好一些，鸟语花香，冬暖夏凉。然而，实际上，那一排黄土垒的房子住起来并不那么舒服。由于无法开窗，一到夏天，闷热的空气憋在屋子里，无法被风搅动四散开来，简直如蒸笼一个样。比之于冬天，夏天还算好过一些，在院子里铺上凉席，支上蚊帐，任凉风习习，也能睡个好觉。冬日里，烧煤取暖煮饭，煤烟常常无法散去，有人因此煤气中毒。于是乎一到冬天，家家户户就开始为此发愁。

分给父亲的房子，其实不过是一间 6 平方米多的小屋，只能盛得下一张双人床，一个小地桌还有那两把当年在东北的早市街头没有卖出去的小椅子，再加上一台缝纫机。再无多余空间。夏天还勉强过得去。冬天里，得把小地桌竖起来，才能放进去一个取暖炉子加上从北京带来的烟筒，吃饭的时候也只能用炉子代替桌子了。

当时除了我，祖父也跟着来了郑州。然而，仅有的一间 6 平方米的小土屋又怎能容得下三代四口人？一家人每天晚上又开始了为住宿而愁苦不堪。三日之后，祖父见状不得已回了天津。临行前，母亲对祖父说："晓鸣爷爷，等条件好一点了，我亲自去天津接您老"。

在我的印象中，那段岁月我几乎没有在家睡过觉。没有演出时就在剧场后台，有演出时就借住在学员的宿舍，看看哪位学员在演出，床位空着，就躺上去，仿佛占了个临时小窝。等人家半夜演出回来了，挤一挤，一夜也就过去了。再没有办法的时候，我就去将后厨王师傅的擀面条的大板扫一扫，铺上凉席被子。尤其是在冬天，我更喜欢睡在那里，暖和而又不担心煤气中毒。

父亲每日白天忙于教学、辅导、排新戏，晚上则上台演出。工作上按部就班，紧张而有序。加之父亲身为业务团长，基本上从早到晚都在忙于工作，而无暇顾及家庭生活。对父亲而言，艺术工作是天大的事情。家庭生活的重担，则落在了母亲的身上。对母亲而言，虽然她也是一个在艺术上孜孜以求的大演员，但家庭才是天大的事。家务事宜全由母亲一人在工作闲暇之余操持。

天色已晚，倦鸟归巢，公园里的被圈养起来供人欣赏的动物们睡眼惺忪，能够嗅到一场美梦的味道了。因宿舍紧邻公园里的动物园，在没有演出的晚上，母亲似乎早已习惯了这种静谧的夜。然而，若知晓那些焦虑而又无奈的夜晚里，母亲的心里是怎样地翻滚着波涛，才会懂得这针落可见的宁静是如何加倍地折磨着人心。毕竟母亲的五个孩子中，有四个还留在京城，未能跟随父母一起搬迁过来，她想念千里之外日日不得见的孩子们啊。罗兰说："母爱是一种巨大的火焰"。在我的母亲体内燃烧着的火焰因无法照亮并温暖四个弟弟妹妹，而使母亲心疼得犹如针扎，一针针地。后来，这火焰幻化成泪水，一滴滴地从母亲的眼角滑落。无声的泪滴，缓缓地流过母亲的脸颊。

外面突然下起了雨，渐大的雨声，将母亲的思绪从遥远的北京拉回到眼前。从房顶上渗进来的雨水敲击在案板上，溅起的水花绝不是想象中的那般美好，而是化作一股苦涩浸透着母亲的心。想起此时还舞台上演出的父亲，母亲不再愣神，她扫视了一下 6 平方米的小屋，立刻起身拿出家里所有能接水的器皿，熟练地摆在各个雨水滴答的角落。

快过年了，母亲要赶在春节前，给不在身边的四个孩子们做好新衣服。缝纫机在母亲的脚下“哒哒哒”地转着，奏响一首简单枯燥却又古老亘久的乐曲。曲子的名字大概叫作母爱吧。拼凑起一块块布片的母亲，更像是在拾掇岁月，那岁月中是衣服一天天变小而身体一天天长大的孩子们。

为了赶排新戏很晚才回到家的父亲，看到在灯下或愣神或揩泪的母亲，总是试图通过跟母亲对话来转移她的注意力。不过是一些无关紧要的话，比如：“还没睡！家里有什么吃的吗？稀的有吗？口干得很，喝水不管用。”沉浸于对孩子的牵挂之中的母亲，无法对父亲作出回应。

无奈之下，母亲向父亲提出，希望他能跟领导申请一下，让领导再给一间只要能放得下一张床的小房子。多日过去，不见父亲有任何回应。母亲猜想父亲可能是忘记了，也可能是根本就没有申请。以她对父亲的了解，此事对父亲而言，确实有些为难。虽然当时郑州的生活条件比东北强多了，但毕竟条件有限，领导也未必有什么办法，更何况父亲作为剧团团长，又能向谁轻易地提出申请呢？母亲懂得父亲的难处与辛苦，便只好独自揽下家庭生活的责任，咽下牵挂孩子的泪水。

大妹妹辛玲当年 13 岁，小妹妹辛荣 11 岁，大弟辛强 8 岁，而小弟辛生 5 岁多。那些日子里幸亏有母亲远在北京的三妹，即我们的三姨的热情帮助。

辛玲是让人放心的，始终带着小妹辛荣住校上学。辛生继续上着全托幼儿园。辛强到了上小学的年纪，每天放学之后又可以去哪里落脚呢？每星期由亲戚帮忙接送辛强和辛生。要是万一赶上亲戚有事或生病走不开，星期六见不着弟弟们的身影，只有 13 岁的大姐辛玲就带着小妹辛荣，乘一个多小时的公交车，从东城到西城看望两个幼小弟弟。

好在这段时期，我还算省心。除了学习跟不上，并没出什么问题。当时父母亲已无暇顾及我，因此只要给我吃饱，让我在学校里被人管着，不学坏就行。后来母亲将两个弟弟从北京接了过来，也许是三姨将他们送至郑州，当时弟弟年幼而我借宿在外，具体细节已不可考。弟弟们跟父母挤在家里那唯一的一间土屋里。大弟辛强就读于公园东门外的杜岑小学，小弟辛生日夜由母亲带，演出期间，则跟着母亲待在后台。大妹辛玲带小妹辛荣依然在北京读寄宿学校，周末轮流去姨家和二姥富家。辛玲在姥爷富家跟二姥学习了中医针灸，在后来的知青生活中，其所学在农村派上了用场并因此跟农民朋友建立了友谊。

尽管束手无策，但思念成灾的母亲也绝不愿意坐以待毙了。必须要先解决了房子的问题，才能一家团圆，过上内心安稳的日子。更何况也不能再让祖父一个人留在天津单过了，祖父念我心切，天天来信。上一封信才刚刚寄出，便又提笔下一封信，有时能一天收到两封祖父来信。要想尽办法把祖父接到郑州才行。

既然剧团一时难以解决住房问题，那么只好另辟蹊径。当时母亲认识的国棉三厂的戏迷朋友赵金衡夫妇，建议母亲求助于房管局。那一日，母亲来到了郑州市金水区房管所，简明扼要地说明实际情况并表明此行所求。听闻母亲一席肺腑之言后的房管所所长不免惊讶。作为话剧迷的所长，怎会不知晓父亲，那可是原北京实验话剧团的大主演、导演兼团长。只是万万没想到，在舞台上、在艺术界如此风光，相当于豫剧界中的“常香玉”的父亲，怎会屈居在仅有 6 平方米的狭小空间内，在长子借宿，老人和四个孩子远在他乡而不得见的处境下，仍然默默地贡献于河南的文化事业。所长当即意识到工作上的失职，并向母亲承诺只要有空房，第一时间解决父亲的住房问题。这位所长事后说到做到，一年后在郑州金水区北二七路上的一栋楼房里，父亲分得了第二层，共计 20 平方米左右的两间房。次年，又分得了第四层约为 7 平方米的小屋一间。

父母再次出外巡回演出前的几个星期，我回家看父母和弟弟。听说过几日大伯会从天津来郑州看望父母。回想起在此之前的某个星期天，我侧耳听到过母亲提了一句“大伯亲自来接”的话，当时没有留意，紧接着听见母亲说道：“才几天就

又要走了。”同时伴有抽噎声，我以为母亲是在跟父亲对台词，便没有放在心上。

父亲见我回来，把我叫到一旁，上下打量一番，将手搭在我的肩上，顿一顿，些许犹豫地说：“大伯想从你们哥五个当中要一个过去，去天津给他当孩子。”我不明所以，只是愣愣地望着父亲，“你愿意去吗？”父亲征询道。立在一旁的我疑惑地盯着父亲。而此时的父亲眼里闪过一丝焦虑，话到嘴边却欲言又止。待我反应过来之后，恨恨地望向父亲：“爸，您可真敢想。我现在长到1米86的大个子了，大伯大娘养得住我吗？问我爷爷能同意吗？大娘忘了我是怎么拿菜刀追着她跑的了吗？”我从小在天津的族院里跟祖父祖母长大，家里发生的事情桩桩件件，历历在目。我自然绝不肯回到那里。“爸，让我去天津跟他们过？就不怕我把他们家的东西偷光换烧饼吃吗？我挨饿的时候他们都跑哪儿去了？”我一口气发泄出自己的不满。祖母在世时曾跟父亲和三伯说过，大伯抗美援朝在朝蹲猫耳洞期间落下了病，这一生大概不会享受到璋瓦之喜了。同时祖母还交待道：“你们的孩子多，他想抱走哪个就给他哪个吧。”

父亲见我越发激动，摆摆手，微叹一声：“乱了，都乱了。”便背着手若有所思地走出屋门。留给我的是无措而又忧伤的背影。

无论将自己的哪个孩子送给别人抚养，哪怕是自己的兄长，也不免要忍受一番刮骨之痛。父亲一方是祖母的嘱托兄长的盼头，另一方则是对本已疏忽照料而又不得不从中挑选一个送与他人的孩子的深深歉疚。

“晓鸣和玲，都已经大了，送给大伯不好养了。”是夜，父亲放下手中的剧本，望着出神的母亲和围坐在小方桌上的我，说道。已到叛逆期的我，自然不会回津，因此，听到父亲的话，也并不为之所动。“强现在很执拗了，不肯离开我们。”母亲接声道，“荣呢，倒是个活泼的孩子，心眼儿也多，毕竟也大了，懂事儿了。”母亲话音落后，几乎是不约而同地，父亲和母亲将视线转移到了墙角里熟睡的小弟辛生的身上。小弟香甜的呼吸声，让父亲母亲感受到了一丝的宁静，小弟大概正流连于梦中的游乐场吧，母亲想到。然而，望着小儿酣甜的样子，不舍漫上心头，如浓雾般扩散开来。小弟辛生离开父母被带至天津时，大约 6 岁。大伯在离开郑州的前夜，与父亲有过长谈。谈话的内容不过是辛家的往事，并未提到对小弟的不舍与牵绊，毕竟，有些话对男人来说是羞于启齿的。

小弟走后，父亲接到了房管所的通知。得知有空房，可以立即搬家。狭小的 6 平方米内并无几件家具，因此，拉上一个架子车走一趟，也就搬走了整个家。搬家的喜悦暂时冲淡了母亲对小弟离家的哀愁。

拉着架子车，一路从公园西门直穿到东门，出了东门之后，五分钟就到了新家。在那之前，我并没有住过楼房。小时候在天津的荣安大街 98 号时，我住在套院中有木板地的正北两间房里。我在北京时，住在小石虎胡同甲 2 号大杂院里院正北三间房里。跟父母去东北后，住在了终日不见阳光的二间地窖子里。迁至郑州后，落脚于一间小土屋里。

架子车拉到楼下，我便急不可耐地翻身上楼。这两间屋虽不足 20 平方米，也着实让人心生欢喜。楼道里方便接水的卫生间，可做饭的公共厨房，按当时的生活条件来说，已经相当不错了。母亲环顾新房，喜悦之情跃然脸上。母亲当即提出，趁巡回演出前不太忙的时候，要亲自去接祖父来郑州居住，并看望离别多日的小弟辛生。

母亲天津一行，看到小弟后略微安心了些，并接来了祖父。祖父是带着安心和满足踏出郑州火车站的。祖父很喜欢郑州，他跟大弟辛强住在小屋各睡各床。房间虽小，却清爽而温馨。还记得，祖父最爱郑州的燕记小笼包。那里的吃食品种多，下了楼走不远就能买到各种吃食。心满意足的祖父也恢复了往日泡澡的习惯，每天华清池走起。唯一的遗憾是，住在楼房，没有院子可供祖父继续他的马步蹲裆和太极拳。每天吃过早点后 10 点出发去华清池，泡完第一趟水后，叫上个外卖小笼包，再点上青萝卜或菜瓜一个。中午睡一大觉后，醒来泡第二遍。下午 5 点回家，顺带买点小杂食。饭后谈天说地念家常。我星期六放学回家，必然会在家里睡上一夜，祖父总是跟我有说不尽的话。记得祖父常说："我在冯玉祥手下任教官的时候，都得听我教文化，教武功。练功时要气入丹田，蹲似骑马，站如松，坐如钟，睡如弓；虎扑左右要生风，刀劈鬼子泰山压顶；扫堂腿下跟着风；转身后跟刀抹脖。"多年后，当时祖父眉飞色舞的形象依然历历在目。

每周日我与祖父有一项例行事务，便是跟着祖父去澡堂里洗澡。白汽迎面扑来，使人感觉像是一脚踏入温润如南方的春，氤氲袅袅间，犹如啜饮过一杯好茶的嗓子，也开始痒痒的，多多少少的字句要变着花样儿地往外冒。于是耳边缭绕着男人们简单直白的对话，间或也有几句笑骂套着文绉绉的外衣跳出来，耳边时而回荡起几句唱词："他有个二弟，汉寿亭侯，青龙偃月神鬼皆愁，白马坡前诛文丑，在古城曾斩过老蔡阳的头。"气氛活泛起来了，你方唱罢我登场，那边角里传来了豫剧《对花枪》的唱词："有老身我居住南阳地，离城十里姜家集，老爹爹自幼爱武艺，老母亲贤德称乡里……"眯起双眼的祖父，颇似含商咀征。祖父那被水气熏蒸得舒展开来的面部焕发出年轻的光彩，看起来连皱纹都逃也似的四散开去，隐匿于轻纱般的水雾。在水池里泡上半个钟头后，祖父便开始发挥他的搓澡功。握在他手上的白毛巾往我背上一放，自上而下，不急不躁，力道上则轻而不浮，重而不滞，直搓得人血脉流畅，周身通泰。我模仿着祖父的动作，掐着他的力道，虽然不及祖父半分，倒也使他乐得享受。还记得那时在澡堂里，有人向祖父招呼："大爷，这是谁呀？""我的大孙子！"祖父总是不厌其烦回道，话语里带着些许自豪，随即便加上一句："我从小带大的。"对祖父来说，澡堂子里的最后一道程序，是点上两笼燕记小笼包。鲜香四溢油而不腻的小笼包一口下去，犹如突然闯进味之殿堂，一瞬间唇齿留香，而整个人似乎也被充实了，愈发地怡然自乐。

祖父吃止疼片数十年，每日两片，从不间断。祖父是家中最富有的，父亲每月供给祖父 15 元，大伯给 10 元，三叔给 5 元，还有五叔的 5 元。祖父管它叫"月钱"。祖父没有存钱的习惯，钱富余时，先买回四五斤肉，红烧了给全家解解馋。再捎带上几斤花生米，江米条，鸡蛋糕等点心。母亲望着祖父提回家的吃食，常常笑着劝祖父省着点儿花钱。“省嘛？吃吧！”

祖父说着便把东西往桌上一放。

好了，背景介绍完了，我们的“戏”要开始了，暂且将它命名为《母亲的四次送别》。

第一次送别

人物：祖父，父亲，母亲，四弟辛强，步履匆匆的行人

地点：郑州火车站月台

没有帷幕，没有布景。没有观众。

每个人都是舞台上的主角。一个干瘪的午后。树静，风止。阳光不那么灼人眼。没有上锁的空气慢慢悠悠地晃来晃去，却让人看不见。看起来还算矫健的祖父，双脚一前一后地踏入火车。一次习以为常的离别，母亲的数次送别中的一次。

祖父（走进火车过道，还没落座，便向窗外的父亲和母亲嘱咐道）：回头告诉晓鸣，就说爷爷过完这阵子，就来郑州。

父亲（将一小包行李从开着的窗口递于祖父）：您老放心。

母亲：您老儿有事没事常来个信儿啊。（同时踮起脚双手将一包点心送进窗口）

祖父：照顾好孩子们。哟，最爱的燕记。（从车窗探出头，接过母亲手里的点心，眉头舒展开来。）

父亲：下了火车，您就直奔河东大姐家。

祖父：挤是挤了点，环境上简单些。（舒展过的眉头不自觉地往内聚，面色现出忧郁）

母亲：一个院里住的都是工人，没那么多事儿。（母亲附和，稍显宽慰。）

祖父（搁置好行包，靠窗落座，点心包放在手边方桌上。向邻座问了问钟点，得知发车时间尚早，头遂探向窗外）：还有个十来分钟才发车，你们忙，先回去吧。

母亲：不差这一会儿，望见您了顺利地走了，我们才放心。

祖父：好，好。（左手自然地搁在膝上，右手扒着窗台，不经意的一声叹息被周遭渐聚的人声掩盖住了）天津一别也几年了，家里到底是个什么情况，咱也不知道。你们大哥现在住朝东南的房间，老四住了西南的房间，跟大哥对门。老四媳妇儿性格直率，点火就爆，典型的山东人。跟大嫂摩擦不断。和老四一墙之隔的大姐，最后去河东安了家。你们五弟干脆就搬到她那屋了。三弟住在了三进院的东头大屋，六弟现在住北屋。我以前的那屋现在是三弟家的小三元住着。（顿了顿，眼里浮现出茫然）走一步瞧一步吧。

父亲：到大姐家后，先叫人去通知五弟。

母亲：先从五弟那儿听听情况再说，爸，心放宽些。日子总是过得下去的。（见祖父无回应，对眼前有些心不在焉，似乎思绪已经先于火车到了天津并环顾那里的一切，而日益浑浊的眼球所能寻找到的一切只是无措与无奈。母亲忽然从兜里掏出一方朴素但叠得整整齐齐的手绢，脸上起了笑，是含有自责的笑，再次踮脚，父亲接过手绢，探进窗内，将手绢直塞到祖父手中）您瞧，差点忘了，这是您走之前额外给您备下的零用钱。

祖父：别了，别了，孩子多，你们自己攒着。（祖父不愿接受，却又望见母亲不容推脱的神情）那我就收下了。

母亲：燕记离得远了，眼跟前还有狗不理。（母亲笑道）

祖父：家里的事你多操心了，他现在也……（祖父对母亲说，却望向父亲，欲言又止，随即环视了一周，话从喉内咽了回去）

父亲：爸，我没事儿。（挤出笑，手指轻轻地在祖父置于窗台上的手背上弹了两下，是叫人安心）

母亲：有晓鸣在这儿，那些小兵们不能太怎样。（很轻声地，祖父约莫猜出来她在说什么。'哐'的一声，是启动了的火车在铁轨上发出的声音。母亲被这猝不及防的声音吓到，待意识到是挥手告别的时刻了，周遭的'再见'声音此起彼伏，便放开声）有事没事，您时常报个信来。吃用上照常，别亏了您了。

祖父：都回吧。（火车开动，渐渐加速，载着北归的祖父。）

母亲：强，路上照顾好爷爷。（向一直跟在祖父身后不吭声的四弟嘱咐道）

父亲与母亲仍然立于原地，望着渐行渐远的祖父，直到火车幻做一个圆点，隐匿于无边的郊野。

没有人知道，那是祖父与父亲母亲的永别，与郑州的永别。

人物：祖父，五叔

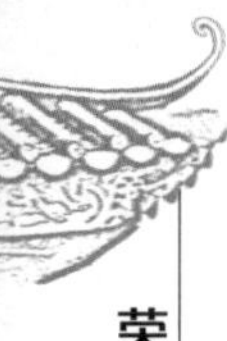

地点：天津河东大姑家

一间陋室，南北向是一张单人小床，东西向摆了一张齐膝的方木桌，木桌的一只桌腿似是由于常年受潮而腐化，碰上去一晃一晃的。桌上摆了一副碗筷和一个边上有几处掉了漆的搪瓷盘子。桌边摞了几层旧砖，砖上是一个盛了小半盆水的脸盆。白日里，光线还好。到了晚上，开了灯，昏黄的灯光映照在如此简陋的家具上，难免让人生起浮躁而又孤独的情绪。正沉浸在此种情绪中的祖父被“笃笃”的敲门声惊得回过神来。

祖父：谁啊？（白日里通知了五叔，他猜想是五叔在敲门，却又拿不定，小心翼翼地打开了房门）

五叔：爸，是我。（进门，望着几年未见的祖父）

祖父：坐！（引五叔至木桌前）就你自己来的？

五叔：爸，（坐在木桌前的小板凳上，木桌晃了一下，随即观察了一下木桌，将之扶好）就我自己来的，还没有通知哥几个。

祖父：家里都还好吧？你们在天津的哥几个，我尤其担心你。（祖父探寻道，眼睛里流露出急于等到回答的神情）

五叔：爸，“运动”前我也不过是一个普通的中学老师，反倒是因为后来升任了校长，在“运动”中受到了些冲击，批斗也是难免的。不过，现在没什么可做的事情，做人上加倍小心就是了。（五叔哂笑）倒是您……

祖父：怎么？

五叔：我觉得您还是先在这儿待着更妥当些，老宅那一块熟人太多，当年“辛记橡胶厂”的牌子往大门上一挂，现在不知道有多少人还记着呢，人多口杂啊，恐怕您这一回去，人家见着您，难免会说出什么做出什么来，到时候咱们也是百口莫辩啊。

祖父：唉，（焦虑而无奈的表情挂在脸上）这正是我所担心的。（停顿了片刻，径直走向小床，斜躺下）看来，我自己的家，一时半会儿是回不去了。

五叔：爸，您也别着急，就先安心地在这里待下，回去我就跟弟兄们商量，轮流着来看您。（走向祖父床前）

祖父：这几年，你也见苍老了些。（祖父抬眼看着五叔）没少受折腾，都受苦了。你回去吧，这一路也不近。（祖父摆摆手）别叫家里人担心。

五叔退出了房间，关上门前，望了望依然斜躺在床上似乎已经没有力气站起来送客的祖父。

人物：祖父，大姑，大伯，五叔，三叔之子三元

地点：祖父天津老宅内

夜，无灯的老宅门前，从胡同口传来的一阵狗吠，似要吞掉这个夜晚。狗见无人搭理，便低喘两声，歇了去。

大姑掀开了被子，把一双布鞋套在祖父的脚上，大伯和五叔随即将祖父从架子车上扶了起来。

老宅大门打开，祖父在众人的搀扶下步履蹒跚地走进三进院里他曾经的房间。房门打开，一张陈旧的雕花木床映入眼帘，一顶白色粗布蚊帐挂在床架。一个左右两边各三层抽屉的红棕色柜子，加上一个高几和两把椅子，填充了大半空间。众人将祖父扶上床，又为他脱了鞋子和外衣，三元打来一盆水，大姑拧干毛巾，轻微地在祖父脸上擦了擦。祖父形容枯槁，面色苍白，

一路颠簸，带给他些许疲惫，他扭头合眼睡去。大姑和大伯坐在高几两旁，五叔立在一旁。

五叔：爸这些日子过得太不如意，有家不能回，见咱们弟兄几个，都得偷偷摸摸跟做贼似的。可把他老人家憋屈坏了。

大姑：爸在我那儿的时候，跟我抱怨过，后悔当初没有跟着辛强再回郑州去，郑州的环境是压抑了些，毕竟还能见到儿孙，还能感受到点亲情。怎么一回到天津，就连自己的屋子也不能踏进去了。（大姑掩面拭泪）

大伯：他老人家是心理上抑郁了，觉睡不好，饭也吃不香。想回自己家来，又怕街道里有人找麻烦，挨斗，一直忍着，这不，忍出病来了。

（一阵无奈的叹息）

大伯关灯，打头走出去房间，三元从屋外关上了门。

人物：祖父，三元

地点：天津老宅院内

院内台阶上，祖父卧在一张藤椅上，半眯着眼看麻雀在地上啄食。在院里蹦跶来蹦跶去的麻雀，看起来那么小巧灵活。祖父想从藤椅上站起来，逗逗雀儿，使了半天力，仍是起不来，干脆就放弃了。三元走过来，要扶祖父起来，祖父摆手示意不必费劲。

三元：爷爷，还记得我很小的时候，常看您在这院内打早拳。那时候的您可真是硬朗。（话音落地，三元自觉说错了话，忙闭了嘴）

祖父：现在不行喽。这次回来，院还是那个老院，人不是当年那样的人了，打不动拳喽。想当年，打完早拳，吃了早点，就去玉清池泡上个半天。瞧瞧现在，玉清池就还在近跟前，却连澡堂子门都跨不进去了。

三元：爷爷，把这一碗粥给喝了吧，特意给您熬的，米都熬化了（用筷子搅了搅粥，将碗送至祖父嘴边，祖父咽下一口，随即吐了出来，三元用毛巾擦了祖父的嘴角）。

祖父：不喝了，不喝了，下不去。（指指自己的食道，为难地晃了晃脑袋）

至此，祖父的一生即将落幕。

第二次送别

人物：父亲，郑州市话剧团书记，我

地点：人民公园少年宫

郑州市话剧团的排练场设在人民公园的少年宫内。父亲正在指导学员走调度，我立在一旁观望。休息间隙。

书记：老辛，这批学员跟你学得怎么样了？（书记背着手，望着眼前的学员们）

父亲：不错，嘿，可真不错。（父亲举起茶杯急急咽下一口茶）就是孩子们练得少，没上过台，恐怕还需要一些时间。

我：书记好。（走到父亲身边，跟书记打完招呼，接过父亲的茶杯，要去续茶）

书记：晓鸣，你来得正好。（望向父亲，灵机一笑）老辛，你看你眼跟前这个，怎么样？

父亲：你说他？（父亲上下打量我一眼）

书记：我看他不错，干脆留在剧团，从学员做起好了。

我：我愿意。（听到这个消息，我简直喜出望外。父亲不曾给予的机会，竟会主动叩响我的心门。我望向父亲，只等他点头同意）

父亲：他还太小，叫他再上上学，多学习学习吧。以后再看他发展，到时候他还喜欢这个的话再弄也不晚。学历太浅演角色也不行啊。（父亲悠悠点燃一支香烟，向我递来一个冷淡的眼色，旋即转脸对书记说道）

我：爸，（对父亲如此反应表示惊讶和不满）书记都让我当学员了，这儿又有学员班。（因急切脱口而出）我总比那些学员班里的人强吧，我好歹还上过台，那些学员班里的都还没上过舞台呢！

书记：老辛啊，晓鸣说得对，我看他确实不错，我也观察了他一些日子，是真的希望他能够成为剧团的一员啊，将来一准是个不错的演员。

父亲：学历太浅，还是得先学好文化啊。（父亲不再言语，掐灭了烟，走回到学员中间去）

人物：父亲，母亲，我

地点：人民公园门口

叫卖声，吆喝声，在公园门口此起彼伏。架子车、菜担子周围站着几个人，在跟小贩们讨价还价。我正要往公园里进，迎头撞见正要外出的父亲母亲，躲闪不及，便在菜担子周围转悠了起来。

母亲：晓鸣，你在这里干什么了。（母亲拍打着我书包上的灰尘）咦，你怎么没去剧团？平日里放了学不都是直奔那儿的么。

我：妈，我学历浅，剧团不是我能去的地儿。（瞥了父亲一眼，悻悻然，

转身要走）

母亲：这是怎么个意思？（拉住我，目光转向父亲，察觉出似有隐情）

我：妈，您甭拉我，我去街上溜达溜达。（挣脱母亲的手）

母亲：你回来。（母亲再次将探寻的目光转向父亲）是不是因为前几天进学员班的事？

我：您问我爸！（偏执劲儿上来了，扭过脸去，背对着他们）

父亲：晓鸣啊，（走到我面前，顿了顿）看你别扭了这么些天……

我：爸，您为什么就不愿意我在剧团里当学员？（打断父亲的话，有些激动，不满地拿书包撒气，将书包使劲往后背拽了拽）

父亲：你想想，我在剧团，又是团长，还是导演，有适合你的戏我叫你演吧，觉得好像是特殊照顾你。我不叫你演吧，你得不到培养。弄得我最后也是两头难啊。

我：所以您就不让我进，连唾手可得的机会也轻易放过？

父亲：恐怕到时候也学不到什么东西，你还是先好好上学吧。（为难状）你要是没有别的事情可做，就跟着一起去剧团看演出吧。

我跟着他们一起往剧团方向走去。

人物：母亲，我

地点：同开篇，郑州市一幢居民楼的二楼室内

没有帷幕，

没有布景。

只有刚进屋的我和坐在桌前的母亲。居民楼下不时闪过一阵小兵们的吆喝声。他们的声音焦灼得好似空气都傻了，不知道流动了，生怕搅扰到小兵们前进的步伐。麻雀儿端庄地立在枝头，只眨巴着小眼豆儿，看着它们看不懂的一切。忙于搬运食物的蚂蚁队伍散开来，慌张地丢下食物，各自返回巢穴。

一次习以为常的离家，母亲的数次送别中的一次。

我：妈，我今晚去武汉。（我接过来母亲拧干的毛巾，用力在脸上擦了几下）

母亲：武汉？（不解地，将毛巾从我手中夺了去，折身放进了水盆里）

我：今天我碰上河南省军区文工团的领导了。

母亲：文工团的？说什么了吗？（又一阵吆喝声飘过，母亲关上窗子，顺势坐在桌前，满脸问询）

我：您还记得吗，有一次我到军区文工团，听说那儿正招生，我当即就报了名。面试的时候，我唱歌朗诵快板各来了一段儿，加之我个头大，文工团当时当着我的面儿，就要收下我。

母亲：记得，记得。那天你哼着小曲兴高采烈地回来了，你爸还叫我给你加餐，可是……

我：可是没两天文工团就派人来家里通知我，说不能招我了。

母亲：嗯，那天你的脸都吊起来了。

我：理由是我家庭出身有问题。

母亲：是，文工团可不敢担这个责任。（母亲拿起抹布擦拭桌子，若有所思）

我：后来听说，是郑州说唱团里一个说快板的向文工团揭发的。（不屑与愤然的情绪同时袭上心头，我按住了母亲手边的抹布）

母亲：揭发与被揭发不过是家常便饭了。（母亲释然道）

我：妈，说实话，这样的事落到我自己身上，一时间还真是不好接受，我难受了好几天。

母亲：那也没辙。今天遇到文工团的领导说什么了？

我：他说，武汉军区话剧团在赶排话剧《豹子湾的战斗》，正在到处找人。（有些兴奋。如同很多在逆境中仍然怀有希望不肯轻易放弃的年轻人一样，我想既然能让军区看上我，别处也许还有可以让我试试的机会。前行的路上，当一扇门被紧紧关上，无法走出时，却发现有一扇窗悄悄为我打开，于是，不由得精神一振，仿佛一条崭新的道路铺展在脚下，叫人生出立即踏上征程的愿望。）

母亲：你要去试试？

我：对，妈，我要去！

母亲：过两天吧。（突然现出犹豫的神情，又说道）我先写封信过去问问情况再说。

我：不，我今晚就要去。（说着便要往外走）

母亲：太着急了，你先坐下等着。（母亲叫住了我，自己从抽屉里拿出笔纸）那也只能找你张章伯伯。

我：张章伯伯？（我不解地望向母亲）

母亲：他肯定也在挨批呢，可千万别给人家添麻烦啊。（母亲在纸上小心翼翼地写着什么，并没有抬眼望我）你就说你是晓鸣，那个一岁的时候被他抱着上台演戏的晓鸣，这件事没有几个人知道，不能写太多了，省得有人找麻烦。（母亲沿着字迹将纸张折叠，纸张空白处被她撕了下来，随即和笔一起放回抽屉，留下次用）

我：这是地址？（我拿起母亲的字条）

母亲：是，只写了地址。（母亲的眼里闪出一丝防备）

我：懂了。（将字条揣入怀中的口袋里，挂在我脸上的跃跃欲试，与母亲眼里的防备以及瞬间换做淡然的表情，形成了反差）那我走了。（母亲送我至门外）

母亲：路上小心，万事皆小心。

我回头看了看依然立在门口的母亲，向她道别，内心燃烧着希望，踏上了远行路。

人物：我，煤车押运员

地点：运煤火车上

为了不被人发现，我找到海棠寺货车枢纽站，询问到一列郑州开往汉口的运煤车，找到车尾部押运员说明来意，并说服他同意我跟他一起南行。

暮色中爬上盛满黑煤的车厢，仿佛进入黑色领地，在那片领地上，黑色主宰着一切。当火车启动，沿着轨迹冲向远方，沉默的黑瞬间被轰隆的铁轨之声唤醒了，很快就热闹起来，我似被兴奋无比乱舞着的群魔包围着，置身于黑风暴的中心，无法睁眼。一种难以名状的聒噪席卷着我，叫人难以挣脱。

押运员：小伙子，你吃饭了吗？（拍了一下我的肩膀）

我：吃了。

押运员：那我就不客气了。（他左一口馒头右一口咸菜，吃了起来。）

我：嗯。（聊以作答，此时，肚子里仿佛有一团火在渐渐燃起，这才让我想起自己没吃饭就跑出了家门。隐隐的咸菜的酸香飘散过来，然而，咽下的口水并不能浇灭熊熊的饥饿之火。饿火雷鸣啊）

押运员： 得闭着眼吃饭，不然看着灰都吃不进去。（说着又是一口下去，鼓起的右腮帮像是要撑破了脸皮）

我：嗯。（聊以作答，闭上眼睛以保存体力。在火车的“哐当，哐当”的前进声中，我渐入梦乡。梦里是一条通往军区剧团大门的路和一身崭新的军装，还有我盼望着将青春挥洒其上的舞台。少年时代打追光兜售说明书的一幕幕也渐入梦境。现实与梦想之间往往隔着一堵不会被轻易推倒的墙，得有多用力才能跨过那堵墙，只有坚持的人才知道。但无论怎样，一定要珍惜自己内心的渴望。这是睡梦中的呓语。不知道过了多久，迷蒙中感觉到有人在拍我的肩膀。）

押运员：小伙子，醒醒，（望着我嘿嘿笑）快到站了，你到哪儿？”

我：武汉。（我揉揉惺忪的睡眼，一个激灵，待反应过来，直起了身子）

押运员：这里是汉口，下车后还有一段路才能到武汉，你下去后先去找个水管洗把脸，干净一下。（突然他大笑起来）不然别人会当你是流窜犯，你现在除了眼和牙是白的，其他地方黑炭一块。

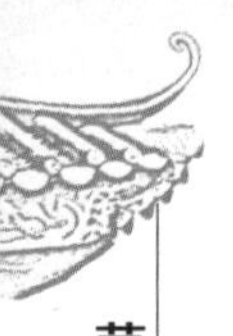

我：好。（我跳下火车，与押运员告别）谢谢您。

我想象不出自己变成了什么样子，听他话下车后找到水管洗了洗，只知道吐出的是黑痰，耳朵里也被裹上了一层厚厚的黑煤灰。

人物：张章伯伯，我

地点：张章伯伯家里

告别押运员，打听到大方向后，我开始徒步赶往武汉。在没有公交车，没有行人的夜里，只有自己的脚步声打破黑夜的静谧，跟着高大的树木，一往直前。不记得当时走了多久，大概有几个小时吧，权当是轻轻松松地打了一场篮球比赛。

我掏出母亲写的字条，一路找寻，终于赶在天亮之前，出现在张章伯伯的家门前。

“咚咚咚……”一阵敲门声过后，并无应答。犹豫无助之时，突然想起母亲曾经讲过张章伯伯在我一岁时抱我上台演戏时戏里的暗号，于是，再次叩响了房门。

“谁呀？”门内传来疑虑而又惊讶的问询。虽然只是一门之隔，但能清楚地感觉到门内人的紧张与犹豫。

我：张章伯伯，我是辛静的儿子，晓鸣。（报上姓名之后，传来吱呀开门声）

张章伯伯：晓鸣？你都长这么大了。（又惊又喜）真是变化大呀。快进来。（将我让进屋内，关上门，从上到下一番打量）

我：张伯伯，我这次来是有求于您。（无心寒暄，直奔主题）听说武汉军区话剧团为了赶排《豹子班的战斗》，正在招人，我想试一试。

张章伯伯：想必是走了很远的路，你先坐下。（端来一盆洗脸水）先洗把脸。有没有替换的衣服？

我：就身上这一身。（我拍拍身上的黑灰，有些不好意思地接过洗脸毛巾）就先这样吧。

张章伯伯：先在这儿歇会儿，你等等我，我去去就回。

他从外面提回来了烧饼果子和豆腐脑，天亮之前，我那空空如也的肚子终于被填饱了，仿佛一件被充了绒的羽绒服，踏实而又温暖。

张章伯伯：我交代家人跟单位请了假，我们现在就出发去文工团。

我：哎。（我使劲点点头，弓着腰跟他走出了房间）

在熹微的晨光中，我们避着人，立即赶往武昌，即当时军区文工团所在地。

行走于陌生城市的马路上，清晨特有的风吹过来，仿佛叫人抖落了一身尘埃。头脑也愈发清醒。张章伯伯一路上都在询问我父母的情况，对一起演戏的时光和抱我上台趣事的回忆，让他时不时感慨过往，像是在翻开旧日泛黄的相片集。他的幽默与妙语连珠，引来我俩一路大笑。他说在剧团里被批斗时，都不敢开口，一开口大家就笑，一笑就破坏了严肃的氛围，进而引发更深的批斗，于是就不说话。只用眼神也不行，原因则是眼睛里有戏，我想这也是对一个演员的褒奖吧。于是就只能戴着眼罩了，然而，眼罩又会再次激起大家的笑点。到后来，批斗会难免搞得有些像欢快的茶话会。

人物：张章伯伯，所云平，我

地点：武汉军区剧团某房间内

一路说笑着，我跟张章伯伯到了军区剧团，他领我找到了编剧所云平，并

说明来意。

张章伯伯：来，这位是所云平伯伯，是话剧《针锋相对》的编剧，（介绍之后，依然是眉开眼笑的样子）想必你对这出戏不会陌生。（转向所云平）这是辛静的大儿子晓鸣，他才这么大点的时候，我就抱着他上台演出了。（用手比划大小）

我：所伯伯，久仰！（我寒暄道）我父亲在《针锋相对》里演克莱特将军，我对这部戏是倒背如流。（骄傲地）

所云平：你父亲演克莱特将军，可是演得很棒的。（向我竖起了大拇指）我剧本中没写出来的东西，他都演出来了。

张章伯伯：先不叙旧，咱们先帮着老辛把正事给办喽。来，晓鸣，先表演几个节目给你所伯伯和我看看。

我：好。（从进入军区剧团大门时就压制不住的兴奋，终于找到了出口，我立即进入状态，拿出了看家的本事。两双眼睛轮转在我的身上，那一刻的我犹如站在舞台的中央。表演结束后，只见两位会心一笑，两位到底是多年的老朋友，不用明说便领会得到对方的心理。）

张章伯伯：不错不错，看见舞台上的你就像见到了你父亲。（起来，拍着我的肩膀，一脸满意）

所云平： 是啊，你有你父亲的气质和风骨，尤其是声音一模一样，是个好苗子。（走到我们身边）

所伯伯：我们两个对你参军的事，是一百分的支持。我马上与军区政治部和剧团领导电话沟通。（电话接通后）安排好了，一会儿剧团排练场见。

政治部领导和剧团领导看完我表演的节目后，都很兴奋地说："我们就缺这样的演员，声音和形象高度统一。"又得知我是门里出身，辛静的儿子时，更是高兴得不得了，马上现场表态接收我，并且可以马上进剧组。军区剧团派一位战士与我回郑州并带上我喜欢的军装。

人物：王干事，郑州话剧团革委会主任劳革，我

地点：剧团革委会办公室

王干事：劳主任，麻烦您在这份文件上盖个章。（将文件递给劳革）

劳革：武汉军区话剧团？（埋头一字一句地念着文件上的字，若有所思）军区的话剧团？要招辛静的儿子入伍？（一字一顿，抬起头来，望着王干事，眼神里闪现出那个年月里的人们熟悉的却又害怕的阴鸷）

王干事：是，这是我们军区政治部定下来的。（忽然觉得不妙，语气却是坚定的）

劳革：可是你们调查过他父亲的背景吗？（目光突然定在我的脸上，带着一股子阴狠劲儿）你们知道他父亲是谁吗？

王干事：这……听说也是剧团的。（语气里多了些犹豫，回头望向我）

劳革：让我来说吧。（一声不易察觉的冷笑，趁人不备，从喉腔里挤出来。背起的双手，让人看得见袖口上未清洗干净的糨糊，像一片令人作呕而又无法铲除的污渍，紧紧地附着其上。微驼的背叫人联想起一只仓皇而逃的某过街小动物。至于前面已经提到的闪过叫人害怕的阴鸷的双眼，也实在不是用一两个词汇就能形容得了的，人心有多难测，就有多少复杂的形容词可用来描述它）他可是剧团的黑专道路重点对象。

王干事：哦！（语气里满是迷茫，似乎不知道该说什么了）

劳革：如果让他的儿子去参军，我就以革命的名义告到中央军委去。

王干事：那……(不知所措，额上浸出了汗)

王干事走出了革委会办公室，并通过电话向武汉话剧团领导汇报了这一情况。

之后，就有了开篇的那一幕。

第三次送别

人物：母亲，大妹妹辛玲，小妹妹辛荣

地点：郑州汽车站

没有帷幕，

没有布景。

一片喧嚣。混杂在鼎沸人声中的锣鼓声稀稀拉拉，像一只从笼中逃出欢脱了的兔子躲在人群里窃喜着"咕咕"叫上两声，聊作一段背景音乐。

大妹妹和小妹妹肩上各背着一捆被子，左手网兜里晃悠着白搪瓷盆等洗漱用品，鼓鼓囊囊的旅行包则在右手手指的关节处勒出了一道斜痕。两对油黑的辫子垂落在她们的双肩，那是青春的写照。绽放出笑颜的脸上看起来又是那样的朝气蓬勃。

一次习以为常的离开，却是母亲的数次送别中的一次。

母亲：你们俩从小在一起，虽然不常在我身边，但我知道你们懂得彼此照顾。(母亲让妹妹们将旅行包放在地上，掰开了她们的右手，怜惜道）如今长大了，到了农村，又是陌生的环境。

大妹妹：妈，有我跟荣在一起，您不用担心。（大妹妹打断了母亲的话，以及时打消母亲的顾虑）

小妹妹：妈，大姐跟我可比您跟我亲。我们在一起的时间可比跟您生活的时间长。（小妹妹粲然一笑）再说了，您看看这车站里都是去农村的知青，大家都要陌生的环境。听从领袖的号召，知识青年到农村去，接受贫下中农的教育，很有必要。

母亲：妈是不知道你们能不能适应农村的生活，毕竟城里长大的孩子，没下过地。

小妹妹：妈，您听说过这样一句台词吗，“旧外套可以改做新褂子，一个不中用的跟班，也可以变成一个出色的酒保。”也许留在城里，我们就是普普通通地过。到了农村，就走进了无限广阔的新天地，我们可以大有作为呢。

大妹妹：妈，荣说得没错。

母亲：姐妹俩有事商量着来，勤给家里写信啊。（母亲将地上的旅行包提起，各自递到妹妹们的手中）好了，你们走吧，看好行李，路上注意安全。到了地方就来信，记住了啊。（母亲挥挥手，转身而去）

人物：母亲

地点：剧团

每个人都盯着别人，每个人又都被一双双眼睛盯着。每个人都在猜测别人，

每个人又都在被别人猜测着。时常，世界让人恍惚地以为，它是静默的。但那些人又清醒地知道，静默的外表下隐藏着怎样的汹涌澎湃。似乎唯有静默能让生活持续下去。于是，母亲历练出了静默的本领。

白日里，她每天去剧团报道。战战兢兢，卑卑微微，要叫别人如看待蝼蚁一般看待她，不招摇，不叫人生厌，不叫人防范。只有如此，才可以获得暂时的安宁。因为在她的背后，有一个需要她支撑与照顾且不可再有闪失的家。

人物：母亲

地点：下班路上

从人民公园西门穿过东门，一路上都是熟悉的风景，树木依然苍翠，鲜花仍然遵循着自然规律绽放枯萎，而被锁在笼中的动物们不问世事，各自逍遥地在笼中转来转去。母亲一天中难得的舒畅时光，就是走过这段路时。母亲呼吸着新鲜空气，终于可以暂时地做回自己。她想起年少读书时光，默默在心里诵读着“薄雾浓云愁永昼，瑞脑消金兽。”又抑或是“痴人求爱，如形捕影，瞻之在前，即之已冥。”她在想当年穿过的小碎花布拉吉已不知在何处。她在想京城照相馆里她曾经的剧照，是否还挂在同一个地方。母亲心内一笑，年轻过，也畅快过。

人物：母亲

地点：家里

“妈，我们现在能挑起一百多斤的担子走在田埂上，都不怎么晃悠了。手上的冻疮，看起来再过些日子，就能痊愈了。来年冬天我们会注意的。挺好，勿念。”母亲一边读着妹妹们的来信，一边不停地在脑海里想象着她们挑担下地的情形。“大姐在北京时学的针灸，在农村派上了用场，帮助了这里的很多人。公社里经常叫我去带宣传队，我指导宣传队唱唱歌跳跳舞，有时候还模仿您在台上的样子，换了台词，给他们表演上一段。近日里念您万千，不知您是否也如此，荣。”“妈，我做了‘司令’。生产队里饲养了一群小鸡，由我看管，喂食我管，放风也是我管，于是我就成了它们的司令。把它们统统放出去，再召回来，像是指挥着一个军队。威武极了。就是有一次突然来了场大雨，把它们往窝里赶时，脚滑，摔了一下，半天没爬起来，倒是叫它们瞧了笑话，那咯咯叫的像是捡了多大的乐子似的。妈觉得好笑不好笑？听说村里今年能通上电。想念城里夜里有灯读书的日子，想念爸，想念您，大哥，还有四弟。盼春节，回家团聚。”母亲读着信，心里计算着日子，一天，两天，三个月，五个月……

第四次送别

人物：父亲，母亲，剧团王刚叔，我

地点：居民楼四层房间内

走进凌晨的楼道里，仿佛进入一个被封盖上了的火柴盒。不透一丝光亮，连呼吸都是紧凑的。从二层走到四层的每一步，都像是在黑暗中探寻不可知的事物，小心翼翼地，看不见，却又担心打草惊蛇，而更加地噤了声，脚步轻到连自己都感觉不到那是在走路还是在低空中飘着。我才打开四层房间的房门，王刚叔就先我一步闪进房内。父亲，母亲和我随后进入。

王刚叔：老辛啊，没想到我又投奔你来了。（停顿，侧耳听了听门外是否有动静，无异常）现在社会上的学生们盯上我了，要批斗我。你说，我一个登台演戏的，有什么值得他们抓住不放的？（无奈状，摇摇脑袋，不解状）

父亲：你先凑合在晓鸣这间屋里住下，避过这一阵风头再说。（父亲向前，用力拍在王刚叔的肩上）咱哥俩之间就别客气了。

母亲：你安心待在屋子里，别出门，到了饭点，我悄悄把饭给你端上来。

父亲：对。(附和着母亲，随即瞥向床脚的夜壶，对着我说)那个就由晓鸣负责。

我：哎。（我答应道）

足足在四楼躲了十几天，风声过后，王刚叔才又回到了他在人民公园自己的家里去。

人物：父亲，母亲，邹学东

地点：同上

王刚叔从我在四层的房间搬出后不久。从山东来了东北安达时期的学员邹学东。当年那个文质彬彬的年轻人，此时顶着一头油糟糟的乱发，捂着瘪下去的肚子，像是一个逃荒的。

父亲：怎么？山东那边的“运动”那么激烈？

邹学东：辛老师，山东老家的日子简直没法过，成天的有人找我麻烦，动不动就挥动着拳头，叫嚷着打打杀杀的。我这次来，就希望能够调回剧团，跟着您。

父亲：这个恐怕（迟疑地）不太好办，但也可以一试。

邹学东：辛老师您能不能给帮帮忙？

父亲：调动的事，现在只有革委会能做主，还会派人去你老家对你进行调查，看你的现行表现和政治表现。我怕是说不上话。这样，你先在这里住下，跟晓鸣挤挤，后面咱们再一步步来。

邹学东：我这次出来，手里没几张粮票，只是不知道能撑多少日子。

母亲：学东啊，人已经出来了，先不要着急，粮食上嘛，我跟你辛老师省着点吃。

邹学东：我这不是要从您二老嘴里抠食么。（面露难色）

母亲：就先这样。（爽快地）

邹学东在我的房间内住了半年多，也盼了半年多，还是没等来调回剧团的通知，无奈之下，去了东北大庆油田话剧团。

人物：母亲，父亲

地点：同开篇，郑州市一居民楼二楼室内

没有帷幕，

没有布景。

只有拉下的夜幕，打点好的行包和“牛鬼蛇神”。夜空犹如一匹深蓝的绸缎，铺展在穹顶之上。光滑而又柔软。这一晚，月亮休了假，星星们倒是活跃了，争相放射光芒点缀着天上的绸缎，看谁能化作绸缎上最耀眼的那一颗珍珠。不会说话的星星仿佛枝头上的鸟儿，唧唧喳喳地闹个不停，它们的光就是它们的语言。

一次不寻常的离开，却是母亲数次送别中的一次。

父亲：我走后，你少做一个人的饭，轻省些。（父亲抖落手上的烟灰，讪笑。母亲不语。）像我这样的牛鬼蛇神，早晚得去那儿。这不，明天一早出发，现在反而心定了。

母亲：家务是轻省了，心是沉了。（“沉”字出口，委屈化作一股泪水，直往外冲，还未滑落，就硬生生地被憋了回去）我一个个地送走了你们。

父亲：跟了我二十来年，走南闯北的，照顾一家老小，熬过了多少苦日子啊。（顿一顿，熄灭了烟头）这个家往后就指着你一个人了。这几年我忙于剧团里的工作，家里的大事小情，都是你在费心。如今不仅在家事上帮不上你，就连业务也要荒废了。

母亲：天上浮云如白衣，斯须改变如苍狗。世事变幻，我们总也判断不出后面会发生什么事情。你懂不懂这是一种挫败感？我的亲生孩子自小不在我的身边，月圆之时，我还在苦苦盼着团聚。好不容易两个三个地来到郑州，终于安定了几天，又要被我一个个地送走。老五给了大哥，即便是再心甘情愿，那也是我怀胎十月从我身上呱呱坠地的一块肉啊，别说是血浓于水，就算是别人家的孩子养了几年了，也没那么利索地就送走的。（母亲憋回的泪水，终究化作了一行泉水，以话语为溪道，一股股地从眼中往外流淌）哦，你当然懂。

父亲：我懂，我懂。（他深情地望向母亲，想道，我一直知道你的大不易，却很难得听见你自己说出来，是时候让你一吐为快了，待我走后，此后荒凉更与何人说？）

母亲：你和我打小就没在农村生活过，我却送走了玲和荣。还记得一九五几年在山东跑码头的时候，荣才那么小，就跟着我们，冬天里睡在地板上，孩儿冻得直哆嗦。送她们走那天，我眼看着孩儿的小手提着旅行包，留下的勒痕。这才刚开始呢。唉，我在舞台上演了半辈子妈，却总感觉生活中的妈这个角色，总也掌握不好了，真是比上台演戏难多了。舞台上的戏有结局，有落幕的时候，生活却没有。

父亲：嗯。（父亲简单回应道，眼神却鼓励母亲继续说出她的心里话）

母亲：送爷爷回了天津，虽说天津是老家，也有弟兄们照料，可就是总觉得把他老人家落在了别处。现在也就晓鸣能叫我放心，那么大个头，没人敢欺负，也不惹事，在厂里有固定工作。这就够了，够了。他那个当艺术家的梦想，可以暂时先放一放了。你我都知道，这条路并不好走。

父亲：现在又轮到你送我走了。（父亲再点燃一支烟时，火柴头划过火柴皮后，擦着的火光瞬间照亮了父亲的半边脸。火光熄灭，父亲深吸了一口烟，紧接着又吸了一口）

母亲：都走了，这个家不能更散了，我得留下，好好的，等你们一个个好好地给我回来。

回顾那几年，印象最深刻的就是母亲的四次送别。一次次的送别串联起那些年的往事。

在郑州这一部大戏落幕之前，似乎还有一些故事要交代，就权当是对此前大背景的呼应吧。

那一日，连熬化了的粥都咽不下去的祖父突然想吃天津的狗不理包子。三元应声马上出门，给祖父端回了满满一大盘包子。祖父竟然吃掉了五六个包子。见此情形的伯伯叔叔们以为祖父可以吃东西了，病况渐好，不由得松了口气，且感到些许欢欣。然而，祖父当天便与世长辞，与离世十年的祖母在天国相会。整整十年，正如祖母离开时，祖父向她喊的最后一句：“你早走十年啊。”天津的伯伯叔叔

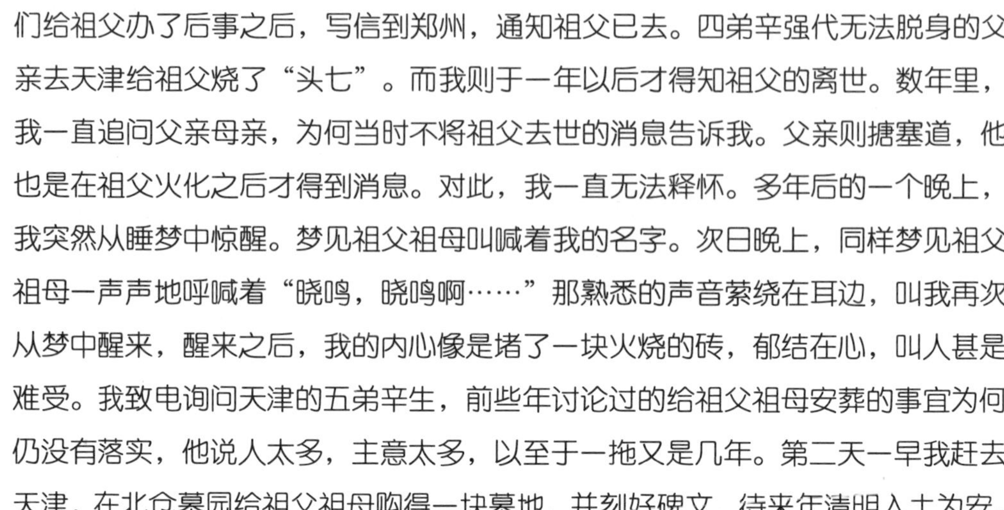

们给祖父办了后事之后，写信到郑州，通知祖父已去。四弟辛强代无法脱身的父亲去天津给祖父烧了“头七”。而我则于一年以后才得知祖父的离世。数年里，我一直追问父亲母亲，为何当时不将祖父去世的消息告诉我。父亲则搪塞道，他也是在祖父火化之后才得到消息。对此，我一直无法释怀。多年后的一个晚上，我突然从睡梦中惊醒。梦见祖父祖母叫喊着我的名字。次日晚上，同样梦见祖父祖母一声声地呼喊着“晓鸣，晓鸣啊……”那熟悉的声音萦绕在耳边，叫我再次从梦中醒来，醒来之后，我的内心像是堵了一块火烧的砖，郁结在心，叫人甚是难受。我致电询问天津的五弟辛生，前些年讨论过的给祖父祖母安葬的事宜为何仍没有落实，他说人太多，主意太多，以至于一拖又是几年。第二天一早我赶去天津，在北仓墓园给祖父祖母购得一块墓地，并刻好碑文，待来年清明入土为安。

父亲在提到祖父的去世时，一度泪眼蒙眬。因当时身不由己而无法在祖父身前尽孝。对父亲来说，这是一生中无法化解的遗憾。于我，同样。

1969 年的春节，算是全家比较齐的日子。父亲母亲，我，妹妹玲和荣，还有四弟强聚在一起过了个年。当时我还不知祖父已经去世。几天的假日很快过去，又开始了新一轮的照旧而毫无新意的忙碌。那时我已经在郑纺机机械厂做了两年的工人。有一天我回到家中，见母亲正在发愁，后来得知母亲费尽辛苦给下乡的妹妹搞到一个招工指标，这个指标的得来着实不易，寄信太慢，只怕信件到达妹妹手中之时，指标早就不翼而飞。因此我决定立即赶往妹妹所在的唐河。那天，天上飘起了雪花，从南阳下了长途车后，距唐河还有几十公里，晚上十点钟已经没有车辆，从夜里到第二天早晨，我步行了八个小时，雪到半尺深时，终于见到了妹妹，将回城指标送达。那一夜真是：一路风雪一路辙，路无行人唱豪歌；双脚生风歌唱尽，路尽鸡鸣灶声和。

1972 年，父亲母亲恢复正常工作。依据政策，剧团给补发了父亲在牛棚期间停发的工资，父亲与母亲两人的工资维持一个家庭还是够的，但钱还是有些紧。这个时候，市场已经开始活跃了。有一天，朋友的孩子准备结婚，去照相馆拍照之前想请母亲给化妆。郑州市中心艳芳照相馆是当时郑州最大的照相馆。被母亲上了妆的女孩子，在摄影师的镜头下显得灵动可爱了许多。双方都很满意。新婚的小两口过意不去，除了给母亲一些糖果外，还给包了个红包。后来照相馆提议母亲经常来照相馆给要结婚的年轻人化妆，以收费的形式。“那行吗？”母亲有些犹豫。“那咋不行！现在市场这么活跃，利用了你的休息时间当然要向你付费！话又说回来我们给人照相，不也是要收费吗。”就这样，母亲用业余时间在照相馆寻到一份兼职。单独给一个人化妆收费八毛，两人都化则共收一块。从此以后，郑州市开始有了化妆婚纱照。时间长了，母亲经常去帮忙难免影响家务，家里人不是十分同意，总觉得一个在舞台上演戏多年的话剧演员，去照相馆给小年轻化妆有点丢人。母亲没搭理，该去仍去。一晃三个月过去了，照相馆结算一个季度的收入。“付老师您请客吧。”会计将两百多块钱递送到母亲手中，母亲一惊：“怎么这么多钱？”会计说：“您拿着吧！这是您应得的，将近三个月可是100天了，一天两三块钱呢，还是应该拿到的。”

同时，剧团恢复了正常工作，开始赶排新的话剧《千万不要忘记》等应时剧目。父亲与母亲重新登上了话剧舞台。

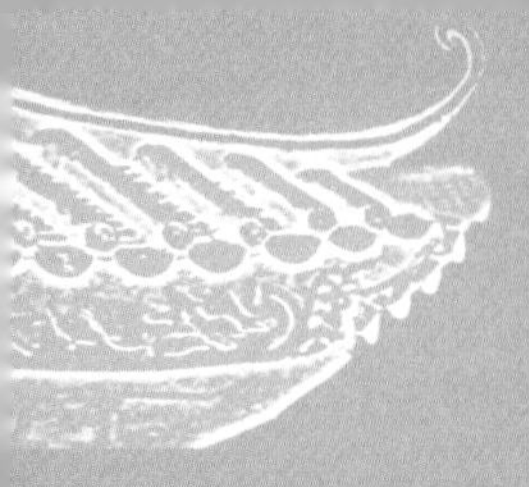

第三部分

艺源自心田　至诚与日月同光

怕什么真理无穷，

进一寸有一寸的欢喜。

即使开了一辆老掉牙的
破车，

只要在前行就好，

偶尔吹点小风，

这就是幸福。

—— 胡 适

一

轻飘飘地飞落下来的红皮儿，在茶几上堆成了一个粉红色的小山丘。细细地捻着花生衣的那只宽厚的手掌，时而停留在空中，时而将一颗饱满圆润的花生仁送入口中。唯有时钟的嘀嗒声，打破落雪般的宁静，代表着时间流逝的永不停歇的秒针分针时针，将人的思想也捎带远了去。

母亲走到茶几旁，往茶杯里添上了热水，翻滚开来的茶叶瞬间犹如水中穿梭玩耍的小鱼儿们。轻捻着花生望着膝盖上爬满密密麻麻文字的剧本出着神的父亲，突然抬起头来，冲着母亲狡黠一笑。

“有了？”母亲放下手上的热水瓶，坐到父亲旁边，欢喜地问道。

“电影跟咱们话剧不一样，话剧舞台直接面向观众，表演上夸张了些。拍电影就不同了，电影的表演更生活化一些，真实一些，更像咱们现在坐在这儿说话一样。”挂在父亲脸上的神采像极了一个发现了新大陆的探险家。接过母亲递来的茶杯，他还未来及品上一口，便继续道，“就说我要扮演的这个老同志吧，我一直琢磨着怎么去表演，用怎么样的行为动作，说话方式，让他看起来生动自然不做作。可是呢，它又跟实实在在的生活不完全一样。还是必须要有一定程度的加工。对于我这个还缕不太清的新手还是有些难度的。丢掉惯性模式，还真不容易。真是活到老，学到老。”

“现在想明白了？快具体说说你打算怎么演？”母亲从父亲膝上拿过剧本便读起来，毫不掩饰兴奋地语气催促道。

“哈哈！”父亲大笑，迅速起身，以母亲的双眼为镜头，尽情地展现他新探索出的技艺。

1976 年，“文革”结束，百废待兴。文艺界迎来了春天。父亲在北京电影制片厂的邀请之下，参加电影故事片《青春似火》的摄制工作，扮演剧中的老丁师傅，涉足银幕。

父亲能拍电影全家高兴！电影是那么神秘，那么让人向往！父亲终于可以先踏出第一步，不会拘在话剧团，拘于舞台上。这些年父亲真是累坏了，重登舞台之后又是没日没夜地白天排戏，晚上演出。受大累而又小心翼翼，这次可以冲出去大展宏图，尽情翱翔天地间了。

1978 年，父亲在《蓝色的海湾》中饰演工地总指挥凌勇，首次扮演主角。表演真切，自然，一发不可收拾。

1981 年，应西安电影制片厂之邀，父亲在历史影片《西安事变》（上、下集）中成功塑造了杨虎城将军这一爱国形象。用杨虎城将军儿子杨成民的话说：“辛静老师演的杨虎城，就是我爸爸，不管形似神似，中国就此一人。”

《西安事变》这部影片将张杨二人放在特定的历史背景和事件中，来展示他们各自的独特个性。杨沉稳老成，善观时势，是张学良的有力后盾，表面给人以错觉，实际精明干练，外柔内刚。辛静扮演的杨虎城，不仅形似，而且得体，具有将军气质，把握了杨虎城声色不露的性格特点，在蒋介石面前一副大智若愚的神态，获得一致好评。

同年，父亲在影片《R4 之谜》中饰演主人公李安的父亲。

▲ 正值盛年的父亲辛静。在他的心里，艺术之火永远在熊熊燃烧

1982 年，父亲在《望穿秋水》中饰史海良，1983 年，父亲连续在三部影片里担任了主角。在《港湾不平静》中饰迟明，在《泥人常传奇》中饰赵二爷、赵沧海两角。并应珠影特邀参加了《他在特区》的演出。这些角色都塑造得有血有肉。

1984 年，父亲在《双雄会》中饰演林铭球，也给观众留下了较深的印象。

1985 年，父亲在《代理市长》中饰演辛局长。

1988 年参加拍摄《罪恶惊魂录》，饰演六爷；同年又参与《孙中山》《周恩来》等影片的拍摄。

父亲在电视剧《四世同堂》里饰演金三爷，在《寅初亭》里饰演马寅初，还参演《钱江风云》《日出东方》等。

父亲的人生座右铭

你志趣坚定与稿树同风

你心胸开阔气度那么从容

你不随波逐流也不故步自封

你谨慎存在决不胡思乱想

你至诚一片期与日月同光

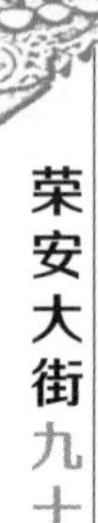

二

关于父母的文字资料存世不多，在此，我想保留它们原本的表述。从字里行间，我再次感受到父母对艺术炽热的爱，面面俱到的用心和积累。

以下摘自父亲对电影《西安事变》的创作杂谈。

点滴体会，学习探索

辛静

我在电影《西安事变》中扮演杨虎城将军。我是个话剧演员，也拍过两次电影，但在电影表演艺术上，还是个学生。在电影放映之前，我的心情很不平静，因为我所塑造的人物，是一位爱国将领，千古功臣，我感到担子很重。不管怎么说，片子已经拍出来了，丑媳妇也总得见公婆呀！犹如一个交上试卷的学生，等待着老师的评判。影片在全国放映后，广大观众很喜欢《西安事变》这个影片的真实，也听到一些对我所塑造的杨虎城这一形象，给予了肯定与鼓励的话，也有一些同志向我致出祝贺，特别是同行们和老一辈电影艺术家们。他们给予的勉励、希望，更使我不安。

作为一个演员，完成一个角色，做个小结其实是正常的工作，但我们做演员的，搞形象思维的人，往往塑造一个艺术形象之后，写写创作总结，三言五语用文字又是说不清楚的，我从哪里说起呢？那就先从我“考状元”说起吧。

一、《西安事变》的导演成荫同志对拍此片的要求是求真不求奇，所以此片的拍摄过程也是一个追求真实的过程。首先，挑选演员时就带着历史人物的照片，用开玩笑的说法是“按图索骥”，在全国各省反复“拉网”。由于我外形与杨虎城近似，成荫导演便通知我试妆，剪掉头发后，化妆师王希钟拿着杨虎城的真实照片相比，说我戴上眼镜不用化妆，就是杨虎城了。接着试戏，录像送北京有关部门及杨虎城将军的家属审查通过后，成荫导演便决定让我扮演这个角色。想起来，真是比考状元还难哪！

二、成荫导演向我提出“要塑造真实的杨虎城，要演活生生的人，追求真实不只在‘形似’，贵在‘神似’。不然就像‘买椟还珠’的郑人，图其外表，失其内宝”。“形似”达到了，怎样达到“神似”呢？又怎样能正确地恰如其分地把一个千古功臣的英雄形象再现于广大观众面前呢？事变发生是在1936年，当时我还是孩童，现在反过头来塑造当时的活生生的杨虎城，这可就难了。为了气质和性格上与角色更接近，我阅读了大量的有关西安事变的历史资料，《杨虎城传》《西安事变纪实》等历史书刊及图片资料，为了真实的体现杨虎城的思想、感情和精神面貌从而达到神似，我走访了杨虎城的亲属和朋友，登门求教当年和杨虎城一起工作过的老部下，如当时西北军某机械处处长窦阴三，杨

虎城的机要秘书周梵伯，杨虎城的私人医生于明江及谢葆贞（杨的夫人）的内差米焕秀等，这几位老先生听说要把杨虎城将军的形象搬上银幕同广大观众见面，都激动万分，他们一提起杨主任，都很有感情，有一次，几位老先生看着我的化妆照，异口同声地说“像！像！真像！”并和我比身高，有的说“高了一点儿”，有的说“稍胖了一点儿”，有的说，“不是一个人，难免有差异，这已经很像，很像了！”几位老先生争先恐后地给我讲杨先生的生活情况，有的学杨先生走路的形态，有的学杨先生拿手杖的姿势，有的学杨先生待人的神气，有的学杨先生吸烟的习惯等等。我从访问中收益不小，了解到很多杨虎城的性格特征，听到了一些从书本中找不到的东西，不只使我从性格上，而且也从感情上对杨虎城将军这个人物在认知中完整起来，为塑造杨虎城这个人物提供了大量的依据。还有老先生们对杨虎城将军的爱国爱民的胸怀，敢作敢为的胆略，大智若愚的风采，都赞叹不已，这些给了我很深的感受，使我捕捉到了他起义动因是爱国热情。可我又感到这样塑造杨虎城，尽管高大，但有些简单，有些空，演出来难免虚假。当然，他们讲的都是事实，但也不可否认，时间的长河冲去了他平凡的一面。我对将军敬仰的心情又给他闪光的一面涂上了夺目的色彩。照这个感受未必能演出“真杨虎城”。

于是，我又查阅史料，分析杨虎城当时真实，复杂的内心活动。我认识到，杨当时是在找出路。不“剿共”，蒋介石那里通不过。“剿共”又必遭失败，怎么办？蒋介石排斥异己，撤下来的东北军要和自己分权力，怎么办？国内抗日热情高涨，自己还能枪口对内吗？不能！杨虎城确实是走投无路。此时他只有一条路：停止内战一致抗日。“苦谏”又痛遭拒绝，如再不执行“剿共”命令即将被调走。他被逼得只有对蒋实行“兵谏”，和张学良一起干下了这一震惊中外的大事。这样分析是否立足点就低了呢？我觉得不是。因为杨虎城的内心矛盾其实是国家矛盾在他身上的反映。民族危亡的紧要关头，也是他生死的关键时刻，形势迫使每一个人迅速做出抉择，他找到的出路也正是全民族的出路。

我觉得只有这样认识，杨虎城的性格才能统一。不然他在抗日开始后还在剿共将无法解释，他准备卸甲归田将无法解释。他是在这场惊心动魄的“事变”中迅速成长为爱国将领的。这样认识才能刻画出杨的复杂的内心世界，才能去塑造真实的杨虎城，而不至于把他演成一个概念化的“英雄”。

大智若愚

辛静

一般人认为杨虎城是个武将，是个性格暴躁的旧军人，其实不然。他是一个外柔内刚，很有心机的人，他每办一件事，都经过深思熟虑，从不草率莽撞。比如：据介绍，蒋介石到西北督战，正逢杨虎城母亲过生日，蒋介石带着宋美龄给杨母去拜寿，并以晚辈的身份给杨老太太叩头后，杨拍着蒋的肩膀说：“以后咱们就兄弟相称把，你就是俺哥了。”由此看来杨对蒋很不拘礼节，并很随便，显得粗鲁无知。但蒋对杨是比较信任的。当时，蒋曾谈到西北战局形势，让杨抓紧剿共时，杨竟坐在椅子上呼呼大睡起来（杨无法回答，只好假装睡着）。当时宋美龄的目光示意蒋，意思是：“这对你太不尊重了。”蒋说：“咱们不需要这号‘草包’了……”蒋哪里预料到 1936 年 12 月 12 日张学良和杨虎城二将军发动了震惊中外的西安事变。在临潼华清池抓住了蒋介石，“兵谏” 蒋抗日竟是此人，蒋感到很意外，说：“我一生就认错了一个人——杨虎城。”

比如在影片中有一场戏，在新城大楼杨虎城的办公室内，杨虎城头靠沙发背，闭目如睡。

秘书手执文件，拿出一份材料在汇报工作“调查结果，中、中、交、农四大银行，

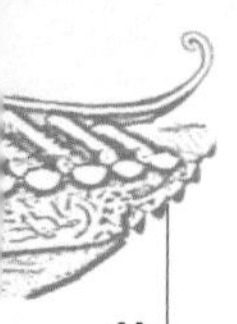

包括白银和票子在内，在陕的数字是四百三十万。”

说到此，杨虎城突然睁开眼睛，很果断地说：“不对！你马上把去年三月四号以来，宋子文和我几次交谈的记录找出来，我记得加在一起是七百一十万。”

秘书：“是”。并转身查看稿件后说：“您记得对，总共是七百一十万。”

由此看来，杨虎城确实是粗中有细，记忆惊人，大智若愚呀！

似真逼真

辛静

1980年的冬末，在新城黄楼排序，也就是当年策划事变的指挥所。我化完妆，穿好戏服，到了现场，导演成荫看见我穿的大衣，不太符合20世纪30年代的式样。便说：“老辛，能不能找一件更合适的大衣？”我当时便找副导演于连起同志，场记于琦同志商量，于琦正是杨虎城私人医生于明江老先生的女儿，她说：“我见我爸的箱子里有旧的老式大衣，咱们一同去找他看看吧。”仨人来到于家，刚一进门，于老先生看见我，一下子就愣住了，半晌没说出话来。我忙摘下眼镜，上前握住老人的手说：“于老，我是辛静，我看您来了！”停了很长时间后，于老才伸出手拉着我走进了院子，进屋后，于老如梦初醒地说：“哦！哦！你是杨将军，像！像！像极了！我还以为是真的杨主任来了哪！”在场的副导演和于老先生的女儿都激动地愣在一旁，最后才说明来意。

还有一次，是1981年3月上旬，在临潼拍摄张学良杨虎城面见蒋介石的一场戏。为了在银幕上再现当年历史事件发生的原地点，经过一番仔细加工，恢复了当年华清池的大门楼。华清池内外看拍电影者如林似海。一天下午，拍完张学良杨虎城面见蒋介石的一场戏后，饰演张学良，蒋孝先，卫队长的演员们和我一起挤出人群，准备乘车返回驻地。车刚要发动，忽然，一位年逾古稀的老人扑向汽车，喊着：“我要见杨主任！”司机一惊，车内的演员们，有的叫老辛，有的叫“组座”，（因当时我是《西安事变》演员组组长），“快下去看看是怎么回事？”我立即走下汽车，老人伸出双手，紧紧拉住我，连声激动地说：“杨主任，你好哇！我想你呀……”两行热泪滚滚而下，我也紧紧握住老先生的手，激动不已，四只大手握得很紧很紧。当时，我被感动得留下了热泪，说：“我是演员，我是演员，我是杨虎城的扮演者。”老先生仍激动地说：“太像了！你演得真好，演得真像，我见过杨主任，就是你这个样子……”我连声说：“感谢您的鼓励，感谢您的鼓励！”这时，在场的人们和演员都很激动，围观的人越来越多，把汽车围得水泄不通。这时，老人又说：“我还想看看汉卿！”于是我向车内喊叫金安歌，“安歌，你下来，见见这位老先生。”老先生也握住他的手连声说：“少帅呀！少帅！嗯，嗯！很好，很好哇！”人越来越多，维持现场秩序的同志们，只好劝开人群，这几只大手才慢慢松开。车启动了，老人还依依不舍地说：“希望以后杨主任和少帅常来呀！”这两件事对我的教育太大了，对我演好杨虎城起了很重要的推动作用，我终生难忘。

不要表演要生活

辛静

我知道电影演员在银幕上是直接和观众见面的，而不像舞台演出，演员和观众有一定程度的距离并允许有一定的夸张程度，而且还可以随时在演出中调整改进自己的创作，而电影是一次拍成。因此，在拍戏以前，应作较细的案头工作，完成

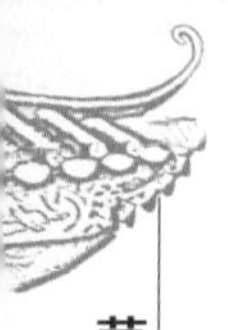

人物设想。

成导演要求我抓住“老谋深算”四个字。在塑造杨虎城这位“刀客”出身的武将时，我作过很多设想。没有运用摆架子，挽袖子，解扣子，拍桌子这些简单的外在动作，因为那样只能模仿其形，不能传其神。只能演一个“象形”，而不能塑一个“形象”。在塑造“杨虎城”这一形象时，我总是进入人物内心深处去感受去体验，一句话，从内心出发，去行动去动作。但抓准了人物的性格特征，并不一定能准确地演好人物。比如：杨查抄了省党部后，在张学良办公室的一场戏，我和扮演张学良的金安歌同志提前做了准备，反复认真地研究了剧作，设计了几套方案，每句台词，每个动作，每个眼神都做了安排。什么你一转身，我一抬头，一招一式都有了设想。自认为一定是精彩的表演，导演会很满意的。谁知，到了拍摄现场，试戏时，把准备好的戏演了一遍，成荫导演说：“哎！哎！你们二位这是干什么？咱不要这一套舞台的表演。电影嘛，要求生活。生活是怎样，就怎样演好了。”在特定的情景中，摆在人物面前的矛盾如何判断？具体想些什么？做些什么？要从内心出发，不要演戏。要真情实感地表达，既相互留有戒心，又要诚恳照顾到人物关系。那时我心里想：是呀！我也是这么想的。在成荫导演的启发下，我放弃了原来准备的戏，改变了表现方法，可是心中老犯嘀咕：“这样能行吗？”然而，导演却连声称赞：“对！对！就这样演！就是要这样生活化。”就这样顺利地拍摄下来。转天看样片时，从银幕效果看，深刻感到还是导演把握得更准确，更真实，更深刻。紧接着拍新城大楼杨虎城办公室，张杨相互试探，彼此摸底的一场戏，导演要求：要诚恳，有戒备。我总结了前一场戏的经验教训，极力挖掘人物的内心世界，认真体会人物的真实感受，从外形到内心竭力缩短与角色的距离。在民族危亡之际，不但关系到国家的命运，也关系到个人的生死存亡，我必须把握人物在这非常时期的内心矛盾。通过银幕形象，在这两场戏中展现出杨虎城真实可信又恰到好处的状态，还要闪现出人物性格的火花。自此，我总结出一条经验，舞台与银幕，不仅是表现手段不同，更重要的是现实主义的表演方法。比如在话剧舞台上，语言、动作都可以适当夸张，表演幅度大，还可以借助于形体动作，而银幕上的图影要大于真人的若干倍，又和观众直接交流，要求真实，表现人物的手段也多，如把舞台上表演方法用于摄像机前，势必夸张虚假造作。

电影、话剧是两种不同的艺术形式，就其表演方式来说应是不同的。我在这次参加《西安事变》的拍摄中感受颇深。在扮演杨虎城这一形象的过程中，我也在不断地学习不断地探索。一部影片的成功首先是剧本经再度创作，再综合各个部门的艺术创作，作为演员，我的工作实在是太有限了。

感谢作者为我们创作了个好剧本，更感谢著名导演成荫同志今天扶着我走完这段艰难的创作里程。

《西安事变》剧照

《西安事变》剧照

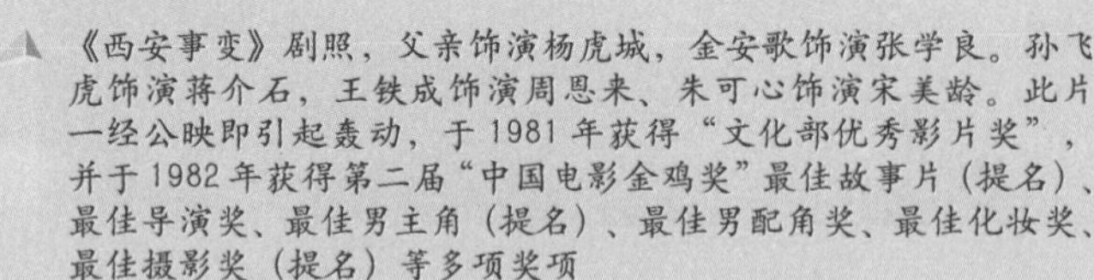

《西安事变》剧照，父亲饰演杨虎城，金安歌饰演张学良。孙飞虎饰演蒋介石，王铁成饰演周恩来、朱可心饰演宋美龄。此片一经公映即引起轰动，于1981年获得“文化部优秀影片奖”，并于1982年获得第二届“中国电影金鸡奖”最佳故事片（提名）、最佳导演奖、最佳男主角（提名）、最佳男配角奖、最佳化妆奖、最佳摄影奖（提名）等多项奖项

《西安事变》剧照

《西安事变》剧照

上图：拍摄之余的父亲与金安歌、朱可心、王铁成

中图：成荫导演与父亲在拍摄现场交流

下图：导演在给父亲和张学良的扮演者金安歌说戏

▲ 上图:《西安事变》获奖后,时任文化部部长的丁峤、西影厂厂长林丰、导演成荫、编剧郑重、演员孙飞虎、父亲合影留念

▲ 下图:父亲与《西安事变》摄影师高洪涛、张学良的扮演者金安歌留影于外景地

上图：《西安事变》获奖后，时任文化部部长的丁峤与西影厂厂长林丰、导演成荫、编剧郑重、演员孙飞虎、父亲合影留念

下图：成荫导演与获奖演员合影留念

父亲饰演的史海良

右上：《望穿秋水》拍摄现场导演刘斌给父亲说戏

右下：《望穿秋水》拍摄间隙父亲与著名演员孙景璐（中），著名话剧演员曹景阳在外景地

上图：1976年，电影《青春似火》剧照，董克娜执导此片，父亲饰演老丁师傅
下图：北影彩色故事片《青春似火》剧照，这是父亲的第一个银幕形象

电影《蓝色港湾》剧照。右上图为当时为此剧设计的巨型户外宣传海报，悬挂于北京新街口、西单、前门、东单等主要繁华路口及各大城市电影院，可见此剧在当时的轰动情形

电影《六盘山》中父亲的造型照

电影《双雄会》剧照

《与魔鬼打交道的人》剧照

右上：《泥人常传奇》剧照

右下：电影《孙中山》中，父亲饰演袁世凯

电视剧《四世同堂》剧照，金三爷造型

《马寅初亭》中，父亲饰演马寅初

上图：杨在葆任导演的电视剧《情未了》剧照，父亲的表演让导演不舍得喊停，在场人员全部笑到肚子痛

下图：2006 年，父亲应著名导演李前宽、肖桂云的邀请，出演电视连续剧《朱元璋》，饰演佛性大师一角。父亲在剧中有两页纸的佛教圣言台词用以点化朱元璋（陈宝国饰演），已经 80 有余的父亲还是一气呵成，圆满完成拍摄，让导演和众人赞叹不已。这是父亲最后一个艺术形象

父亲的业务自传

我从青年时代就选中了这个职业，并热爱他。我从事话剧表演这个专业已经40个春秋了。我在艺术的道路中经历着生活的考验，事业的成败，时代的风雨，人生的坎坷。我热爱这个事业，全身心地扑向他。但真正使我成长的阶段还是新中国建立以后，我热爱党，热爱社会主义的祖国，是党培养了我，给予我学习的时间和锻炼的机会。在新政集体中我尊重领导，服从组织，在艺术创作中团结同志，做出了成绩，提高了工作能力。特别是党的十一届三中全会之后，我更焕发出艺术青春，参加了很多部电影的拍摄工作，做出了贡献。

在20世纪50年代，那时我还很年轻，为了配合政治任务，有时一天演四五场戏，天不亮就起来化妆，等最后一场戏散戏后已经是半夜了。两头见不到太阳……真忙啊！也就是在那个年代使我有所发展，提高，得到了锻炼。虽是兢兢业业勤勤恳恳地工作，但自己感到已有的文化素质包括各方面的知识已远远不适应工作上的需要。于是下决心加强政治学习及文艺理论、表演理论学习，以充实自己，并结合着演出的艺术实践。很快有了提高，达到了自我完善，在艺术创作上有了显著的收获。

在我的演员生活中，艺术道路上曾塑造过很多给人以深刻印象的人物形象。（在话剧舞台上先后演过五十多个人物），如《原野》中的仇虎的舞台形象，在首都舞台上曾轰动一时，同行们反映强烈。戏剧家曹禺给予充分的肯定，艺术家梅阡专门在北京日报上写了文章。如《胆剑篇》中越王勾践的人物形象，对大庆石油工人产生了积极的影响，在全国话剧舞台上影响都较深。艺术家梅阡是《胆剑篇》

的作者之一，我在首都演出后，他赞扬说我演的勾践强调了一个奋字，激励人，感动人。

如《针锋相对》中克莱特将军的形象塑造，在我的创造中有所突破，作者所云平给予极高的评价。他在座谈中表扬我，说我把克莱特演活了，剧本没写出来的，我都给演出来了。

我不在此多引例子了。我演的戏是不少，如下：

《雷雨》中周朴园，《西望长安》中唐石清，《突破》中魏群，《东进序曲》中陈秉光，《清宫外史》中翁同龢，《夜店》中闻太师，《赤道战鼓》中姆旺卡，《泪血樱花》《一家人》中的秦滔、《霓虹灯下的哨兵》中的指导员、《首战平型关》中杨团长、《革命一家》中欧阳梅生、《第二个春天》中冯涛、《与魔鬼打交道的人》中张公甫、《青松岭》中张万山等，《星火燎原》《井冈山人》《阿Q 正传》中的假洋鬼子。

将多年的艺术实践结合个人的创作经验，我同其他同志联合或个人独立执行导演如下剧目：

《上海屋檐下》《秋海棠》《革命一家》《东进序曲》《井冈山人》《一家人》《霓虹灯下的哨兵》《首战平型关》《山村新人》《针锋相对》《艳阳天》《彼岸》等。

创作劳动提高了我的思想境界，丰富了我各方面的知识，我还参加了电影及电视剧的拍摄工作，为了多做奉献，我不计名次并始终保持严肃认真兢兢业业的创作态度。在电影《西安事变》中饰演杨虎城，在《望穿秋水》中饰演史海良，在《蓝色的港湾》中饰演凌勇，在《青春似火》中饰演老丁师傅，在《港湾不平静》中饰演迟明，在《代理市长》中饰演辛局长，在《泥人常传奇》中饰演赵沧海，在《双雄会》中饰演林铭球，在《孙中山》中饰演袁世凯，在《特区的人》中饰演老白，在《罪恶惊魂录》中饰演陆爷。

以上影片中，《西安事变》在国际上获得了很高评价，我塑造的杨虎城将军的艺术形象载入了历史的画廊。我在影片《特区的人》中塑造的老白这个人物形象已纳入电影学院表演教材，并得到电影界专家们的高度评价。

我在电视剧《四世同堂》《寅初亭》《不屈的桥》中都担任了主要角色。在《寅初亭》中，我饰演马寅初。在《不屈的桥》中，我饰演罗总工程师。

我的艺术生活道路是学习实践，再学习再实践的过程，就这样一步步地走过了四十年，从一个仅仅是热爱表演艺术而对表演艺术无知的青年成长为纯熟的演员，走过的道路显然是艰辛的。但我仍愿意走下去，现虽年已花甲，仍愿将我的有生之年奉献给祖国的文艺事业。

这是父亲 1985 年退休后，在 1988 年 12 月参加郑州市文化局艺术专业委员会对他进行一级演员职称评定时的评语，以下摘录几段，佐以父亲在艺术道路上所得到的成就、荣誉与认可吧。

一、学识水平

辛静同志投身话剧表演艺术事业四十余年，以其真切自然，形神兼备的艺术创造饮誉全国。他谦虚勤奋，刻意追求，在理论修养与艺术技巧诸方面具有很深的造诣。

其早年与张章， 董行佶 ，王培，刘钊等著名演员结伴演出，探求切磋，相得益彰。以后结识李景波，周楚，林默予，凌云，赵慎之，魏鹤龄等表演艺术家，对其艺术风格的形成有很深的影响。

新中国成立以后，他研读了斯氏体系，列斯里，古里叶夫，丹钦科等大量国内外表演理论著作，并与宋之的 ，焦菊隐，欧阳山尊，梅阡，夏淳，金犁，苏民等著名艺术大师交友，视他们为良师。与这些艺术大师的交流，使辛静同志理论充实，技巧成熟，获益匪浅。

该同志生活功底深厚，善于开掘人物心灵，他刻画的人物个性鲜明，形象生动。

其表演内涵深邃，从生活出发，从人物出发，从人物内心出发，从人物性格出发，由体验到体现，艺术手法运用自如，真切自然，形成了现实主义的表演风格。

他大胆吸取戏曲念白技巧，融于话剧台词，使其语言技巧与表现力具有炉火纯青的艺术功力。

其导演手法娴熟，善于启发演员，尤以组织群众调度独见功力，导演章法严整，线条清晰。常吸取戏曲表现手段融汇于话剧。

该同志曾于河南日报发表《我谈杨虎城》；于南京日报发表《演欧阳梅生，学欧阳梅生》；于黑龙江日报发表《我所理解的周朴园》；于郑州晚报发表《艺不惊人誓不休》等理论总结及论著十数篇。其《追求与探索》一文，由中国电影出版社编辑出版。他参与编剧并主演《革命一家》后，曾应南京市团委邀请，向全市团员青年做报告。

该同志系中国戏剧家协会会员，河南省剧协理事，中国电影家协会会员分会理事，中国电影表演艺术学会分会理事，郑州市戏剧家协会副主席，河南省数届政协委员，中国民主同盟河南省文化艺术委员会主任，在全国享有很高声誉。

二、业务能力

该同志从艺四十余年，曾在五十余部戏中担任主要角色，导戏十五部，拍摄电影十一部，电视剧三部。以精湛的表演技巧，严肃的创作态度，博得观众和行家的赞誉。

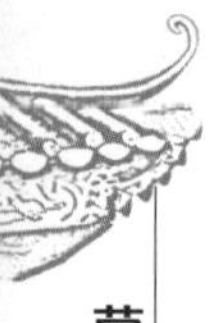

20 世纪 50 年代，他塑造了中国舞台上第一个仇虎，受到《原野》作者，戏剧家曹禺的高度评价。导演艺术家梅阡为其在北京日报发表评论文章。

这一时期，他还曾在《西望长安》中饰演唐石清，在《突破》中饰演魏群，电影学院教授郑重称赞他突破了塑造干部形式化、概念化的表演，给人物以灵魂。导演艺术家欧阳山尊赞扬他在表演中有真情实感，塑造的形象鲜明，生动。正是在这一时期，他与曾经扮演唐石清的青艺获奖演员杜澎结为良友。

20 世纪 60 年代，其在《东进序曲》中饰演陈秉光，并先后在六省巡演，各家报纸对他高度评价，称赞他有政治风度，性格突出，富于政治干部的力度和风采。他尤其善于采用戏曲手段处理文言，使台词铿锵有致，音韵流畅，博得观众满堂喝彩。

这一时期，他在《针锋相对》中饰演克莱特将军，一反以往舞台上外国人装腔作势的形式化表演，在首都舞台和话剧界引发巨大反响。罗瑞卿大将兴奋地称赞说："你演的是活生生的美国高级将领，是帝国主义的味，如果拍电影还由你来演。"作者所云平说："你把人物演活了，我没写出来的，你给演出来了。"青艺院长石羽说："简直看不出来是你演的，你不是在摆美国人的样子，而是活生生的人。"

他在《胆剑篇》中饰演越王勾践，导演艺术家梅阡诚恳地说："你突出了一个'奋'字，我们剧院的演出就缺少你这种奋发图强精神，你的真情实感深深感染了我和广大观众。"适值国家困难时期，该剧在大庆演出，对激发石油工人自力更生，奋发图强建设大庆，产生巨大影响。

这一时期，他还导演和主演了《霓虹灯下的哨兵》《阮文追》《南方来信》《赤道战鼓》等众多剧目，他塑造的人物无不栩栩如生，在省内外赢得了广大观众的爱戴。

20 世纪 70 年代，他导演并主演了《艳阳天》《青松岭》《泪血樱花》《彼岸》《与魔鬼打交道的人》等大量剧目，在省内颇具影响。

20 世纪 80 年代，该同志步上银幕，集多年的实践经验和艺术造诣，在电影《西安事变》中成功地塑造了杨虎城将军的艺术形象。以形神兼备，真切自如引起震动，受到海内外极高评价。该片在台湾放映，引起政界强烈反响，对促进两岸交流起了积极的作用，被中央认为是新中国成立以来最好的一部军事片。该电影轰动香港，人们争相传喻：杨主任又活了。台湾各界专程赴港观看，并要求二次放映，这在香港放映史上堪称首例。

随之，该同志在影坛接连不断拍片，攀登艺术的更高层次。

三、业务成果

辛静同志曾在话剧舞台上塑造了 50 多个性格迥异的艺术形象，导戏 15 部，并在电影《蓝色的港湾》中饰演 1 号角色林勇；在《西安事变》中饰演杨虎城；在《青春似火》中饰演 2 号人物老丁师傅；在《望穿秋水》中饰演离休将军史海良；在《港湾不平静》中饰演市委书记迟明；在《泥人常传奇》中饰演赵老二和赵沧海；在《代理市长》中饰演辛局长；在《特区的人》中饰演省委干部老白；在《孙中山》中饰演袁世凯；在《罪恶惊魂录》中饰演路爷。在电视剧《四世同堂》中饰演金三爷；在《寅初亭》中饰演马寅初；在《不屈的桥》中饰演罗总工程师。

其中《西安事变》获国家优秀故事片奖；辛静同志个人被提名金鸡奖候选人。《蓝色的港湾》《望穿秋水》分别使辛静同志再次获得金鸡奖提名。《孙中山》获国家优秀故事片奖。电视剧《四世同堂》获部级特别奖，辛静同志个人获优秀荣誉奖。

辛静同志在艺术上所追求的不仅是塑造世界中的人，更是揭示人物心中的世界。他认为，艺术的高下在于理解的差异，更在于分寸的把握。他虽已年逾花甲，但仍勤奋创作，不断追求着艺术的完美。

四

母亲付琳，除了跟随父亲走南闯北，跑码头，参与剧团的变迁、迁移和演出外，还是父亲的贤内助，照料一家老小的生活，并参加了多部影视作品的演出。

她在电影《东陵大盗》中饰演慈禧太后，在《四世同堂》里饰演四大妈，在《R4之谜》中饰演路母，在《巧哥》中饰演农村妈，还曾参演《唢呐情话》《提刑官》等，母亲内敛细致走心而到位的表演给同行及观众都留下了深刻美好的印象。

下面是母亲写的《我演四大妈》的演出感受。

我在电视剧《四世同堂》里扮演了四大妈这个人物。此次我来到天津拍摄故事片《东陵大盗》，正赶上天津电视台播放《四世同堂》，在观众中引起了强烈反响。听朋友们说，天津的观众非常喜欢《四世同堂》这部电视剧，并对我所扮演的四大妈给予了好评。我衷心地感谢天津的观众。

我是个话剧演员，自幼酷爱文艺，在舞台上度过了四十个春秋。从1946年至1964年，我经常在天津的话剧舞台和观众见面。多年过去了，热情的观众仍没有忘记我。

我早就拜读过老舍先生的名著《四世同堂》，由于我出生在北平（北京），而且在北平度过了我的青少年时期，对抗战时期在日本铁蹄下挣扎的北平人民的生活有着亲身感受。例如：剧中描写吃混合面，我就吃过；日本兵酗酒后，在马路上追逐女学生的情景，我就亲眼看到过。所以，老舍先生笔下的人物，在我心灵深处产生了强烈的共鸣。很久以来，我就希望能拍上一部反映老北京风土人情的影片。这次有幸参加《四世同堂》的拍摄，饰演泼辣大胆乐于助人，受人尊敬的四大妈这个角色，实现了我的愿望，

在接受这个角色时，我又仔细重读了这部小说。日本军国主义对中国人民的摧残和蹂躏，激发了我强烈的创作欲望，然而，如何在屏幕上立体化地再现四大妈由朦胧到醒悟这个过程呢？我又反复深入研究了剧本，我决定：通过小崔被日本人砍头后，四大妈对白巡长的埋怨和责备；四大爷被日本人踢死后，太平洋战争爆发了，日本人要和四大妈交朋友，四大妈痛骂日本人这两段戏的处理，来体现四大妈的成长过程。同时设计了四大妈拖拉着鞋，敞着脖领等等细节，来表现四大妈独特的个性和纯朴的劳动妇女形象。在拍四大妈痛骂日本人这场戏时，在现场的谢添同志，对我的表演给予了肯定。

《四世同堂》播放完了，我也和天津观众一样，在电视屏幕前观看了这个电视剧。我的表演还有很多遗憾之处，希望观众能给予批评指正。

1985 年，母亲在根据老舍先生描写抗战时期老北京普通百姓生活的长篇小说《四世同堂》改编的电视剧中塑造“四大妈”的形象。这对于从小就生长在北京的母亲来说，是一次迸发演技的良机。母亲的表演真实、流畅、自然生动，准确地把握住了那个年代特定人物的心理状态，情景交融真情自然流露，给观众留下了深刻的印象。此剧播出时，母亲和父亲到商店买鞋，立刻被观众认出并“包围”，还被风趣地指出：“四大妈给金三爷（父亲在此剧中饰演的角色）买鞋”，可见二老扮演的角色何等深入人心

上左：1979 年，电视剧《唢呐情话》剧照
上中：母亲在《R4 之谜》中扮演路沙之母
上右：母亲在《巧哥》中饰演母亲
下左：《泥人常传奇》剧照
下中：母亲饰演的慈禧形象
下右：母亲早年在话剧舞台上塑造的珍妃形象

父母应邀参加中国驻新加坡大使馆年会

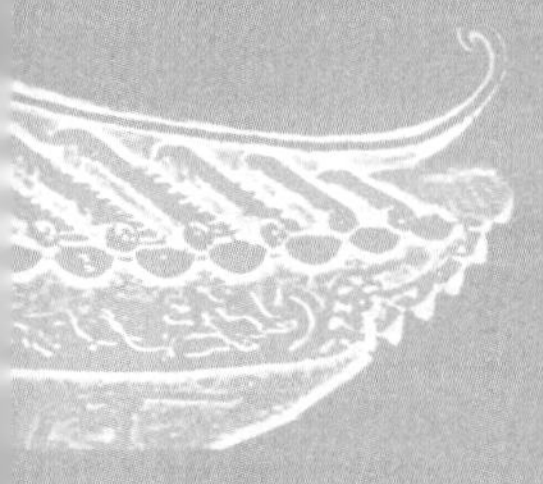

第四部分

艺影回眸处　犹念双慈恩

一切都是瞬息，

一切都会过去，

而那过去了的将会成为

亲切的怀念。

—— 普希金

写到此处，埋藏在心里的对二老的思念，犹如发了芽的种子。

11 月的郑州，大雪纷飞，漫天飞舞的雪花砸向大地，更纷乱了我的心情。下了火车赶往母亲身边的路上，车窗外的店铺和行人，一一在我眼前闪过。一位蹲在街角处给孩子系好散开了的鞋带的年轻母亲起身时，轻轻拍落孩子衣服上的雪花，牵起孩子的小手继续走路。凝结在孩子睫毛上的雪，顿时化作我温热的泪滴。世界上最疼我的那个人就要去了，天地间将遍寻不到母亲的身影，从我来到这个世上就一直被其光芒照亮与温暖的母亲，将离我而去了。

那一日，母亲觉得身体稍有不适，料想是感冒，便由大妹辛玲陪伴着走路去医院，一路上遛着弯儿，走了约莫半个小时。迎面吹来的东北风，熟悉的街道路口，习惯了的汇聚又分离的人声与车流声，与往日并无大不同的景象。母亲原本想在中医那里配些中药，回家调理几日。拿到验血单的中医医生，盯着验血单上的各项指标则建议母亲去西医问诊。在西医处经过再一次的验血后，医生告知母亲血液内白血球和血小板过低，需要立即住院接受治疗。一切来得太快，叫人猝不及防。入院后二十多天，院方向家属下达了母亲的病危通知书。我挂断大妹的电话，即刻奔赴郑州，赶往医院，赶往母亲的身边。

母亲去世的前一天，上午 9 点钟，我从郑州的家中来到病房。大妹在给躺在床上刚醒来的母亲擦脸。我坐在病床对面的小板凳上，看着母亲在大妹的照顾下完成洗脸漱口。病床的位置高于板凳的位置，母亲一直盯着我看，“太低了”，母亲抬起手臂，指了指我的小板凳，“站起来活动活动，老坐板凳不好。”母亲的声音有些低。她知道我的腰不好，不能久坐。大妹问母亲想吃点什么，母亲摇摇头，表示不想吃东西。我问大妹，母亲平日里早餐会吃什么，大妹说母亲常吃藕粉。我让大妹去给母亲冲了一碗藕粉，并劝说母亲吃下去。在大妹一勺一勺地喂送中，母亲吃净了一碗藕粉。“妈从来没吃过这么多。”大妹说着，面露喜色。“老太太真是给面子。”我也冲母亲笑道。

我依然靠墙坐在小板凳上，母亲示意我坐近些，只见母亲的嘴唇在缓缓地开合，我却听不清楚她在说什么。我将板凳移至母亲床前，见母亲指指自己的手，听见她微弱的声音：“你怎么？”“什么？”我将探寻的目光移到大妹脸上。“妈说，你怎么戴着银戒指？”大妹将母亲的话重复给我听。“妈，我没戴戒指，我这辈子都没戴过那东西。”我告诉母亲。我看看自己空空如也的手背，料想母亲的双眼大概是恍惚了。“你爸没有留下什么东西，但是有一对戒指。”母亲紧接着说道，目光转向大妹，“辛玲，你把那对戒指找出来。”随即对我说道：“戴金戒指，别戴银戒指。给你一个，另一个给老四。算是给你们留个念想。”

见母亲依然清醒，我便打算将盘旋于脑际多日且已经在进行着的计划，说给母亲：“妈，有件事我一直想做，却不知该怎么跟您说才好。”母亲望着我，淡然地回答：“有什么话你说，我不在乎。”我靠近母亲：“如果您百年之后，”我顿一顿，“我想，百年之后，重新安排一下墓地。”母亲凝视着我，等待我说下去。“我已经准备了一个四人的大墓穴，打算将爸和辛荣的墓一起迁过去。”母亲听我说完，似乎眼神一亮，只道：“我早就这么想，只怕你们反对，没想到你已经在做了，实在是太好了，太好了，这是我希望的。”母亲问一旁的大妹是否有意见，大妹点头表示赞同，也让我内心踏实了些。

为哄母亲开心，我提议给母亲朗诵一首《将进酒》。妻阻拦我，怕影响到他人休息。我不肯叫母亲期盼的双眼里流露出失望，便不顾左右地高声朗诵道：“君不见，黄河之水天上来，奔流到海不复回。君不见，高堂明镜悲白发，朝如青丝暮

成雪……”字落音断，母亲只道：“你，辛明啊，你戏没演够！”

妻蹲在床边趴在母亲的腿边，看着母亲的脸。母亲的脸由于带状疱疹的缘故，半张脸基本上没了模样，肿胀得眼睛已无法正常睁开。此时，母亲笑了。妻像哄逗一个孩子那般，柔声问母亲在笑什么。“我想摸摸你的脸。”母亲试图伸出手来，凑向妻的脸庞。“那我摸摸您吧。”母亲虚弱的样子让妻不忍。妻的手轻抚在母亲的额头与脸庞。母亲又笑了。

“我看见我妈了，她还喊我呢。”母亲突然对大妹说道。这是母亲去世的当天，五点多钟，我在医院附近办一些急需处理的事情。大妹盯着有些话语混乱的母亲说：“是我喊您来着。”话音一落，母亲就闭上了双眼。几分钟后，我已赶回医院。然而抢救未果，母亲终究是离开了。

尽管不甚突然，但是母亲走得急，以至于我没有太充分的思想准备。好在没有遗憾，在母亲清醒的时刻，她交代了该交代的事情，我要做的事情也得到了她的赞成，总之，母亲走得踏实而无憾。亲朋们从多个城市赶来，为母亲送上了最后一程。

如今，每当我忆及那几日，脑海里关于母亲的一切源源不断地化作泪水润湿眼眶。还记得母亲不让我们吃医院里的饭，一到饭点就把我们赶出医院。还记得母亲说，等她病好出院了，要跟我们一起在外面吃饭。还记得母亲的话语里，满是对生的渴望和对我们的不舍。

我渐渐地明白，母亲在世时，最心疼、最放心不下的是我，她希望我今后的生活幸福。那是从内心里生发出来的喜欢和爱。

我和晓英在各种活动中与敬仰的老艺术家、同行们在一起。其中有于蓝老师、秦怡老师、于洋老师、谢芳老师、王晓棠老师、田华老师，和他们在一起，我们又变成了小字辈

第
中国金
开幕
15中国

晓英的仰望是我的荣耀时刻

后 记

随着时间流逝，我迁徙于各地，但我始终不能忘怀那充满温情的老宅，荣安大街98号大院，那里见证了我的青少年时代。回忆我的父亲母亲这一生，从1953年开始，他们经历了北京民艺话剧团、北京实验话剧团、安达市话剧团、郑州市话剧团，直到1988年郑州市话剧团解散。遗憾的是那些优秀的剧目没有得以流传下来，后人无法再睹当年之风采。

富氏家族已传承五代人家。母亲的弟弟富德忠，参加工作后进入北京昆曲剧团唱老生。其子富剑英从小喜欢京剧，20世纪70年代初能唱《红灯记》中的李玉和的全部唱词，因唱念做打全活而名噪京城，10岁时被广州军区特招入伍，加入广州军区战士话剧团而后出国深造。

辛氏家族也是五代传承，单说父亲这一支。大妹辛玲，返城后调入河南电影制片厂，从事化妆造型设计，至今活跃在影视圈内。小妹辛荣，返城后调入玉石雕厂工作，两年后考入北京电影学院，毕业后调入广东电视台成为专职化妆造型师。四弟辛强在郑州纺织机械厂车队工作直到退休，有时应急给剧组帮忙。小弟辛生，现在天津，曾在天津人艺和电影学院进修，大部分时间在影视剧组，参加制作了很多有影响的作品，如电影《周恩来》《天地英雄》和《炮打双灯》等。我于1966年参加工作，进工厂十年。1976年调入铁道部话剧团，因户口，进京问题未能解决，调回河南省话剧团。1983年调入珠江电影制片厂演员剧团，任演员，制片人兼导演。并建立中华影业有限公司，广东电影人影业有限公司，创办广州艺术村别墅小区，北京阳光影人国际影视文化有限公司。现已退休。纵观我的一生，在襁褓之时，即经历了解放天津的战火，新中国的成立。而后又经历了辛氏家族的自力更生创业以及家族内部的纷争。我亲眼看见了一个民营话剧团的发展，兴衰和变迁；目睹了一个艺术家庭对艺术的执着和生活的艰难；还历经了工厂生活，上山下乡以及招工回城的艰辛，体会了灾荒时期的饿火雷鸣，以及改革开放后丰衣足食的幸福甜蜜，体会了年轻人追梦的过程，以及梦想之路的漫长，体会了成功之后的喜悦，鲜花和掌声背后的泪水与酸甜苦辣，历经了失去亲人的痛苦和忧郁，更体会到亲人在身边的温馨与幸福。因此，便更加懂得知足与感恩，更加珍惜现在生活的分分秒秒。

以母亲的话作结：人的一生，要走很多条路，有笔直的坦途，有羊肠阡陌，有繁华，也有荒凉。无论如何，路都要自己走，苦要自己吃，任何人无法给予全部的依赖。没有所谓的无路可走，即使孤独跋涉，寂寞坚守，只要你愿意走，踩过的都是路。你以为走不过去的，跨过去后回头看看，也不过如此。

作者：

2018 年 5 月 28 日 于完稿之时

注明：北京实验话剧团发展及演变过程的部分资料由原团长王刚提供。

SPORT

补 记

这本书是用我的视角，回顾我父亲和母亲坎坷的艺术之路以及辛氏家庭近几十年的生活和工作变迁，以及存留在我记忆中家族的沧桑往事。在这过程中，我又一次经历那失去亲人的时刻，爷爷、奶奶、父亲、母亲和其他亲人离去，那痛再次击中我的心，也又让我深刻地意识到没有他们就没有我的一切！天地万物，冥冥之中似有牵连，在一次新书发布会上，我结缘《演员丛书》，感谢国强兄和朱社长一直牵念，鼓励刚失慈母困于痛楚中的我拿起笔，记录下了父亲母亲求艺路上的甘苦与悲喜，也记录下“北京民艺话剧团”的诞生和演变过程。书写的过程是纾解悲痛的过程，也是重温亲人的爱的过程，更是厘清我如何爱上表演艺术，并获得求艺路上百折不回坚韧个性的过程……在此，感谢杨在葆老师、许还山老师、江平老师、金安歌老师、邹学东老师感人肺腑的长序文章，感谢王铁成老师、魏殿松老师，感谢老友陈长水、杨国华先生赐予墨宝，感谢王良老师赠送诗文。感谢采月帮我整理稿件。也感谢原北京实验话剧团王刚先生提供部分剧团发展的资料。感谢演员委员会、国强兄，感谢人民交通出版社、朱伽林社长，感谢张歌秘书长、邵江主任，感谢追随《荣安大街 98 号》文稿一年有余，尽心竭力的高鸿雁女士、吴迪小朋友以及丛书团队的所有人。

也再次深深地敬谢此书的缘起——我的父亲母亲。

2016 年 12 月 12 日，母亲生日之时与父亲、小妹合墓于邙山。《荣安大街 98 号》起草于 2016 年 11 月 27 日母亲仙逝头七。

我用我的笔记下了这一切，余生，我要把最最深情的爱献给你们！我的亲人！

2018 年 7 月 16 日

全家福

图书在版编目（CIP）数据

荣安大街九十八号 / 辛明著 . -- 北京 ：人民交通出版社股份有限公司，2019.1
ISBN 978-7-114-15095-1

Ⅰ. ①荣… Ⅱ. ①辛… Ⅲ. ①回忆录－中国－当代 Ⅳ. ① I251

中国版本图书馆 CIP 数据核字（2018）第 242822 号

RONG AN DA JIE JIU SHI BA HAO
书　　名：荣安大街九十八号
著 作 者：辛　明
监　　制：邵　江
责任编辑：吴　迪
营销编辑：陈力维　刘楚馨　童　亮　张龙定
责任校对：刘　芹
责任印制：张　凯
出版发行：人民交通出版社股份有限公司
地　　址：（100011）北京市朝阳区安定门外外馆斜街 3 号
网　　址：http://www.ccpress.com.cn
销售电话：（010）59636983
总 经 销：人民交通出版社股份有限公司发行部
经　　销：各地新华书店
印　　刷：中国电影出版社印刷厂
开　　本：720×960　1/16
印　　张：16
字　　数：210 千
版　　次：2019 年 1 月　第 1 版
印　　次：2019 年 1 月　第 1 次印刷
书　　号：ISBN 978-7-114-15095-1
定　　价：79.80 元
（有印刷、装订质量问题的图书由本公司负责调换）